事故

別冊黑色畫集

あついくじき

松本清張作品選總導讀／譚端
劃破黑霧的筆鋒——松本清張

排版印刷室充滿著油墨味，那是一種陳腐、悶鼻的味道。許多撿字工人、排版工人，雙手、圍兜上都是油墨，他們動作熟練，從一個個檜木做的，已經被油墨染成黑鴉鴉木頭格子裡快速辨認各種大小不同的字，一個接著一個快速挑出來，疊放在另一個平放的框框裡組成一篇篇文章。他們沒有人說話，時間很趕，動作敏捷，面無表情地持續做著這個沉悶、無趣、機械式的動作。在排版室裡，有一位四十歲的資深員工，名叫松本清張，他從撿字工作幹起，通過多年的考驗，現在已經是位可靠的排版美編兼廣告業務，白天他偶爾還要出去拉廣告，賺點傭金。

松本清張好不容易找到這份工作，這份穩定的收入對他養家活口太重要了，他認份盡職的在排版室，一待多年，安份守己，就如同多年前他賣掃把時一樣，兢兢業業。只是在這樣傭碌的排版室，沒人會注意這個中年人的世故老成，也不會有人注意到這個下層社會的人，有一雙比一般人更為犀利的眼神。

一九五二年的某一天，在日本以挖掘純文學新人著名的芥川賞獲獎名單上，赫然出現松本清張的名字。當編輯部的編輯記者們知道，這位松本清張就是在他們樓底下排版室工作的傢伙時，大家驚呆了。但真的就是樓下那個傢伙。

得獎後數年，就在大家幾乎要把松本清張四個字忘記時，他突然背著一種很奇怪的小說文體再現文壇，驚人的是他的寫作像小說工廠一樣頻頻在各種雜誌上連載，一年出版好幾部小說，從印刷廠送上書店，一上架就銷售完畢，再上架又銷完。他的寫作像火山爆發一樣，熱岩漿不免燙傷了一些人，社會震撼。

在昭和前期，軍閥控制日本，社會氣氛肅穆，大家有話不敢講，有權有勢的人為非做歹老百姓不敢批評，不敢講良心話。

一九四五年日本戰敗，美軍的促進下，推動了日本政治、經濟、軍事、社會的各種改革。

戰後的世界對日本平民是天翻地覆的變化：日本新憲法保障國民基本的人權，美軍下令讓那些軍國主義思想的人從言論陣地的位置下台，給予社會更多的言論自由。美軍還破除了原來的金權結構，解散舊財閥，進行土地改革，解散國家主義團體，恢復工會，恢復政黨活動自由，設立勞動法，保障工人，一夕之間好像人人都有更公平的機會了。舊秩序崩塌，新秩序在混亂中逐漸成形，但原來舊權勢的人物只是不在台面上，他們下了台，仍然佔據社會的金字塔頂端，與國家機器的運作有千絲萬縷的關係。

處在這種時代變局下的松本清張，獲得全新的機會。他蟄伏四年後，找到一種新的語言新的題材來表達他對社會的看法……幾乎是每年最少一到二部的速度在創作，他為各家報紙、雜誌所寫的稿也不盡其數，他像這個時期的其他作家一樣，是把當下社會的矛盾關係拉進小說裡，反映其扭曲邪惡的關係，藉而批評社會的不公不義。在松本清張描述中，社會上的邪惡，大多是有權有勢的人心生歹念，不仁不義；或者向社會更高階梯上攀爬的人為求成功不惜為惡，但罪魁禍首是社會制度，是社會制度喚醒了人們沉睡中的惡念，孕育了人間的不幸。

二戰結束後，許多日本作家投身反省日本社會的文學創作活動。後來得到諾貝爾文學獎，與他們同時代的純文學作家大江健三郎這樣描述戰後作家群：

「在近代日本文學的歷史中，最富赤忱和使命感的就是那群戰後作家，他們在戰爭一結束後就立刻嶄露頭角，雖然背負戰敗的創傷但仍渴望新生。他們力圖為日本軍隊在其他亞洲國家所犯下的殘忍暴行贖罪，並努力消弭日本與西方國家間，甚是與非洲、拉丁美洲間的鴻溝。他們認為只有這麼做才能謙卑地與其他國家和解。而堅守這些作家們流傳下來的傳統文學精神，是我寫作生涯裡不變的志向。」

大學念到二年級就被戰爭中斷學業的山崎豐子是一個很好的例子，她說：「身為作家，我若失去勇氣不寫出應該寫的故事，那麼就等於我已死去。」她寫下對映大學醫學問題的《白色巨塔》、反映了金融問題的《華麗一族》，後來為了掙脫戰爭陰影追尋靈魂自由，又寫了三部曲：講述流放西伯利亞日本戰俘的《不毛地帶》、講述日裔美國人的《兩個祖國》、以及講述東北日本遺留兒的《大地之子》。對她來說這都是不能不說的作家使命。

山崎豐子寫了司馬遼太郎不敢觸碰的時期。司馬遼太郎關注的是幕府末期和明治維新，新舊時代交替，在新潮與守舊觀念強烈碰撞下人物的掙扎與抉擇。他感受到明治維新之後日本人的欣興氣象，但他走到了日俄戰爭，就走不下去了。在一八九四年日本打敗中國成為「第二流的文明國」，一九〇四年打敗了哥　克騎兵和俄羅斯艦隊成為「第一流的文明國」，之後日本走上了一條不歸路。司馬遼太郎著迷日俄戰爭之前的明治維新時代給日本帶來的新氣象。

不同於司馬史觀，松本清張的世界觀、和歷史觀，審美趣味是另一種樣貌。他讓日本讀者讀到的故事，不總是那樣令人愉悅、充滿積極向上的氣質。也不特別覺得明治時代好，昭和時代壞。相反的，由於松本清張幾乎打從一生下來，就處於為生存而戰的境況下，統治者和努力向社會階層更高處爬的人並不總是那麼美好，競爭讓每個人都可能在一個壞的時代壞的制度下成為陰暗的壞蛋。松本清張進了新聞界，但不能如願當記者，因此他的許多小說具有調查報導的氣質，好像他在對記者生涯遺憾的一償宿願。在壞傢伙們裡，他揭露醫院高層的惡行，在《日本之黑霧》中，他又像調查記者一樣揭發駐日盟軍總部掩蓋事件的方式。

山崎豐子說，筆是作家的配劍。松本清張用這枝筆當作武器去挑戰國家與社會的謊言。以前他不能以記者的身份秉春秋之筆去揭露時弊。現在松本清張成了小說家，發現自己小說家的筆更強大。小說家可以隱身在虛構的背後去挑戰和顛覆真實。小說可以說是用許多真實建立的謊言，但這個謊言可能影射真實，而且比不完整的真相更有力道。作家生涯他一路秉持這個信念寫下去，陸陸續續寫七百五十多本著作，署名文章九百八十篇，加上推薦序則破千篇，稿紙用去十二萬張，他把手都寫受傷了。據聞到最後十年，他的創作甚至是口述讓人抄錄（國學大師錢穆也是如此）。他寫當代社會，寫非小說類的紀實文學、寫報導文學、對昭和史的挖掘也有超過小說家的水平。

他用一枝筆追尋真相的興趣漫延到歷史領域。不同於司馬遼太郎專注在幕末和明治時期，松本清張對大正末到昭和十一年以及古代史的歷史挖掘投入相當的心力。文春文庫二〇〇五年出版了他昭和史挖掘的著作多達九卷，其中包括了陸軍機密費問題、滿洲事變、陸軍士官學校事件、和最重要的少壯派軍官向特權階級發起軍事政變的二二六事件，這些都是昭和前期一般民眾無法知道的國家密秘。除了昭和史外，他還以業餘史家的身份對日本古代史進行研究，使日本皇室的身世遭到質疑。天皇與日本社會的血統聯繫是明治以來，日本建構國族神化，征韓、抗俄，戰爭動員的重要倫理。松本清張意圖從根本上顛覆這個國家機器的運作邏輯，可見其視野、雄心、與膽識。松本的史觀是一種日本平民史觀，他用三十多的寫作生涯，展現了平民去建構歷史挖掘真相的勇氣，對抗可疑的國家建構的歷史。這過程當中，人們可以見到他的一股怨氣，對特權、對貧困、對充斥虛假人格的上流社會的韃伐。

從更大的視野來看松本清張，推理小說不過是他建構歷史的一種方法，是他一生追求平民視角的公理和真相的一種工具。他太過龐大，以推理小說定位他可能是出版社和他之間的一種商業考量，正如同今日我們定位某某人為青春玉女或是豪放女一樣，是為了銷售。而松本清張本身並不反對商業手法，相反的他熟諳商業邏輯，不要忘了，他的前半生都在商業世界中打滾掙扎，在追求正義與真相的另一面，他沒有侷限造作的文人氣。他的寫作兼顧了為求生存的原始根性，就像平凡的日本民眾那樣充滿驚人的勤奮勞作。

有人就問，為什麼一個平凡的人可以寫出這麼多的不同知識和題材的文章？松本清張可能是以寫作團隊形式出版的創始人吧。據一位當年出版社的編輯回憶，松本清張的寫作不全是孤獨的創作，他會與編輯討論適合市場的題材，甚至到內容的蒐集，都有專業知識者的合作，提供編輯資源和協助，可以說是一個完全產業式的俱有工廠生產力的創作方式。這種生產模式也見到了作用：松本清張的寫作甚至帶動了娛樂產業，大眾媒體的市場，他的作品不斷被改編成電視、電影、戲劇。直到今天，松本清張逝世二十多年，每一年都還有他的作品持續被改編。這個作家的許多面都超越我們的想像。

全書共收錄二篇小說，〈事故〉首次刊載於一九六二年的《週刊文春》雜誌、〈熱空氣〉則刊登在同雜誌隔年的時光。兩部作品的成書年代，儼然已超越半個世紀，然而卻能穿越時間之流的考驗，數度被改編為電視劇，甚至轉譯為中文而傳遞到我們的手中。

原作改編的影視作品，距今最近的一回均於二〇一二年播映，前者為東京電視台推出的松本清張逝世二十週年特別企劃，後者則由朝日電視台為慶祝開播五十五週年所編製的戲劇，是為《派遣家政婦》第一集。隨著時間的遷流，作品能持續受青睞，歷久不衰，想必有其背後的核心原因。

首先是松本清張喜歡以市井小民、普通人物作為書寫對象，擅長描摹人們為求生計、情感或利慾等問題，心生不滿或憤憤不平。心理狀態與人性刻劃的力度，穿梭於字裡行間，相當寫實。樸實又平凡的庶民圖像是清張所構築的眾生樣貌，其世界具備普世鏈結與秩序，不因時空的改動而變化。搬演至大螢幕時，原著的部分角色設定或元素因應不同時代的概況改造，如〈熱空氣〉內由知名女星米倉涼子飾演的家政婦，比原作更具洞察力和魅力，前往服務的家庭成員年紀設定有所變更，納入誇張化的幽默情節之餘，強化了人物性格和互動。

再者是其作品特色在於運用推理小說的手法，揭示社會的風氣和習性，探究造成犯罪的社會根源，讓人物言行具體鑲嵌於社會背景之上，開啟社會派推理小說的時代。看似尋常的日常描述，卻往往能逐步切入案件核心，將前後劇情貫串，使小說內文與現實生活產生連結。〈事故〉便有這樣的特點，開頭的交通事故處理到整體劇情的發展簡直出乎意料，僅靠著情節和人際關係的翻轉，讓謎團獲得解答。書中二篇的寫作技法近似於犯罪小說，「角色行動的背後原因和動機」才是其書寫的重點。

松本清張著作的寫實和透徹，透過《半生記》可以推斷。當時受《文藝春秋》之邀，年過半百的作者以專欄形式連載，採用質樸淡然的口吻自述了艱苦慘澹的前半生，日本戰後的社會氛圍亦隨其描繪躍然紙上。以年過四十的年紀從文壇出道，卻能自成一格，成就「清張之前無社會，清張之後無社會」的推理史美譽，同時在大眾文學及純文學的都被認可。能有此盛名，仰賴後半生對於寫作的積極努力，以及立基於前半生的困苦生活體驗：生於一九〇九年的北九州市小倉北區，自幼家境清寒，少年時期即開始自力更生，做過各式各樣的工作。

松本清張的處女作為入圍直木獎的短篇小說〈西鄉紙幣〉，一九五七年連載的著作《點與線》揭開寫實派推理小說的序幕，後續創作不輟，可以說，他的著作就是其生命經驗的投射。他的另一個貢獻是將推理小說和純文學結合在一起，讓推理小說此文類能充滿文學性。能廣泛地影響後世的推理小說創作者，如森村誠一、橫山秀夫、宮部美幸及東野圭吾等，原因在於作品著眼於日常的生活元素和小人物的心理雕琢，使得這些巷弄的故事和剪影因共鳴而能廣為流傳。

作者簡介　余小芳，暨南大學推理同好會社團指導老師。

目次

第一章

事故

1

一天早晨，高田京太郎在床上展開早報的時候，出聲說：

「啊，出現了。」

每當報紙一來，高田總是首先打開社會版。和普通的報紙讀者因自身興趣而看社會版的心理有點不同，高田的情況是為了職業需要。

高田京太郎是協成貨運有限公司總務課的車輛股長，協成貨運是擁有十幾輛貨車的運輸業，其中也包含東京到松本之間的長程運送。

高田今年三十七歲，之前原本是保險業務員，六年前轉任到現在這家公司。

他之所以有這種職業意識，是因為他身為貨運公司總務課的車輛股長，這個單位的職責，就是專門處理車輛事故。

「貨車闖入董事宅第」。

這條標題吸引了高田的目光。

「二月十一日凌晨零時二十分左右，位在杉並區R町XX號的某公司董事山西省三先生（四十二歲）家中突然遭到深夜運送的貨車闖入，貨車撞破大門，衝到距離五公尺外的玄關處才停下，因此玄關內部被撞得一塌糊塗。貨車司機是千代田區神田XX町協成貨運有限公司的山宮健次（二十一歲），意外是由於路面結冰打滑，以及疲勞駕駛等雙重原因引起，相當罕見。被撞的屋內沒有人員受傷，但駕駛山宮受到撞擊傷，三天才會痊癒。」

高田京太郎看完後，嘖了一聲。

「真沒辦法。」

他每天早上都先打開社會版，就是因為要看看這種意外和自己的公司有沒有關係。最近有一陣子都沒有發生大事故。

話雖如此，若從這則報導推測，這並非一件大意外。三個月前，一樣的深夜貨車輾斃了老太太，他為了善後而四處揮汗奔走，然而這次好像只要處理撞壞別人家大門和玄關的程度就好。

妻子起床過來吃早餐，高田把報紙遞給妻子，要她看那則報導。

「哎，好危險喔。」

一手拿著味噌湯碗的妻子望向報紙。

「因為昨晚很冷，所以杉並那裡應該有結冰，可是疲勞駕駛是怎麼回事？那個駕駛應該才剛離開神田的公司不久吧？」

「這個嘛，年輕人就沒辦法了，因為會在沒排班的白天時間去打棒球或看電影玩樂，所以會累。而且，平常都是兩人出車，但昨天晚上好像因為某些緣故，所以只有山宮單獨出車。」

「不過，受的傷只要三天就會好，真是不幸中的大幸。你認識這個駕駛嗎？」

「嗯，認識啊。」

山宮健次平素就粗枝大葉，雖然開車技術不差，但為人有點冒失。高田認為要是受的傷不會在頭上留下疤痕就好了，因為這位青年經常去美髮店，是個愛漂亮的人。

「不過，還是很奇怪呢。」

妻子說：

「這輛貨車是從神田經過甲府開往松本對吧？那樣一來，應該會走甲州街道，可是這則報導上那個町的路，不是離得有點遠嗎？」

「給我看一下。」

高田拿回妻子手中的報紙，看了被害者的地址，這個地名的確不在甲州街道上。

「的確很奇怪哪……」

他要妻子幫他把黑色皮製公事包拿來，從裡面取出東京都的分區地圖。

他打開杉並的部分，對照報紙上的地址，那裡並不是完全離開甲州街道，而是稍微偏離到旁邊，也就是沿著從甲州街道分岔出去的路斜著向南走，發生意外的房子好像就在那條路上。

「為什麼會去這種地方？」

他歪著頭。

「哎呀，上面不是說他疲勞駕駛嗎？說不定是睡迷糊所以開錯路了。」

妻子用筷子在味噌湯碗內攪拌。

「總之，就這個情況看來，完全是我們公司的錯。唉唉，又來一件麻煩的工作了。」

高田京太郎雖然歎息，卻不是因為心情不好而歎氣，也就是說，這是他故意做出的舉動，意在誇耀接下來就看我大顯身手了。

妻子也很明白這一點。她附和高田說：

「哎呀、哎呀，沒辦法嘛，因為那是你的職責所在，果然交給其他人是不行的吧！」

高田京太郎由於以前拉過保險，舌燦蓮花的本事極高，他會伶牙俐齒地從各方面拉攏對方，有時還會稍微威脅一下以降低賠償金，因此很受公司重視。高田回到家中，也會得意地把那些事情一一說給妻子聽。

高田京太郎在離開神田的公司，走進事務所之前，目不轉睛地看著車庫，那裡停著三輛貨車，駕駛正拿水管用水沖洗車身。

「山宮怎麼樣了？」

高田向其中一名駕駛開口問道。

「山宮喔。」另一人回頭說：「那小子現在被叫去R警署了。」

「他的傷勢還好嗎？」

「沒什麼大礙啦，是擦傷，只是手臂磨破一點皮而已。那小子為了以防萬一也檢查過胸部，但完全沒有撞傷。」

「不過今天早上的報紙寫，要三天才會痊癒。」

「報紙都是誇大其詞啦。」

「車子呢？」

「就是這輛。」旁邊頭上綁著毛巾洗輪子的男子轉頭過來說。

高田走到那輛車前面，彎腰仔細凝視前面的部分，問道：

「哪裡撞壞了嗎？」

「不，沒有大損傷，只是保險桿有些凹陷的程度……畢竟是這麼大的貨車，就算撞了一間破房子，也會像裝甲車一樣毫髮無傷喔。而且載的貨還是山藤商會的電機零件，重量也是一個原因。」

高田把那輛車仔細看過一遍後，走進事務所。

「早安呀！」和他互相問早的是正在上班的四、五個人，不過負責車輛的只有高田京太郎一人。

「高田先生，你又有工作了哪！」

正在看報紙的人笑著說。

「沒辦法啊。大概又要再關注一陣子了……不過，山宮的傷也沒有很嚴重，真是太好了。」

他喝了一大口茶，說：「哎，等會兒我要去對方家裡賠罪。這種事早點做比較好。」

他向緊接著走進來的會計人員拜託，拿了兩張千圓鈔票後走出事務所。他打算拿這筆錢準備水果籃之類的物品。

當他經過車庫前的時候，忽然又走向那些駕駛。

「喂，山宮明明是走甲州街道，為什麼會跑到那種地方去？」他問。

躲在車體後面的男子探頭出來。

「這個嘛，不知道耶。那條路是從甲州街道的轉彎處直直延伸出去的嘛，雖然路寬不一樣，應該不會搞錯才對，不過山宮那時在打瞌睡，所以沒有注意到就開過去了吧？」

他說著自己的推測。和今天早上妻子說的一樣。

高田京太郎搭上電車，途中在新宿下車，到知名的水果咖啡店買了個水果籃，裡面有很多便宜的水果，只有外觀整理得很氣派。接著他搭計程車，上了甲州街道。

他來到問題所在的那個彎道。原來如此，雖然從那裡直走會走上別的分岔路，但是那條路有多窄，現在從路口的單行道標誌就能看出來。

「到這裡就行了。」

他依次看著成排的房屋，在目的地下車。

連門牌都不用看，因為門倒了，一看就知道；此外，還有五、六個像是鄰居的人聚集在那屋子前面，裡面也有三、四個人在收拾毀壞的物品。

高田京太郎擺出誠惶誠恐的姿勢，將水果籃抱在腋下，放輕步伐跨入毀壞的門。

他請教在那裡的鄰居這家的女主人在哪裡之後，那個人馬上跑向屋內。

他走向玄關，這裡木格門的門框也壞了，不過幸好車子似乎在這裡停住，屋內一點事也沒有。

在這家的夫人出來之前，他迅速環視周遭，大略估計一下損害。這棟房子很舊，雖然格局很大，但是樣式老舊，看起來蓋了超過二十年，也就是戰前蓋的房子，因為這一帶沒有受到戰火波及。

大門是所謂的冠木門[1]，由於木頭很舊，好像強風稍微吹一下就會倒了似地，現在柱子和門板都因風吹雨淋而變黑，還有蟲蛀的痕跡，所以只有斷掉的地方顯露出些許白色。

玄關也是一樣，由於木格門和門框都壞了，就算全部都要修，和大門加起來大概只要一萬五千圓就綽綽有餘了。再加上慰問金五千圓，他估計總共兩萬圓。

當他佯裝若無其事、四處張望地將頭轉回原處時，一位年約三十一、二歲的婦人跪坐在他面前。

膚色白皙豐滿的臉龐，濃密的秀髮，說是美人也不為過。從她身穿純白圍裙的模樣，看得出來她正在整理善後。

「十分抱歉。」

高田京太郎恭恭敬敬地鞠躬。

「我是協成貨運有限公司總務課的人。」

在這種情況，他絕不會說出自己是車輛股長。

「昨晚敝公司的年輕人犯了嚴重疏忽，為您造成莫大困擾，故此今早首先火速前來致歉。」

他將抱來的水果籃，像是很重似地放在殘留角落的式台[2]上，然後慢慢遞上名片。

「請問是夫人嗎？」他搓著手問道。

「是的。」

主婦有些晃眼似地垂下眼瞼，她問候高田時有一點慌張的神色。（喔，這位夫人看樣子不太熟悉世故哪……），如此心想的高田對她抱有好感，同時也思考這樣說不定可以省下一些費用。

從圍裙的領口，可以看到主婦穿著設計時髦的毛衣，顏色是黃綠色，與白色圍裙成對

1：兩根木柱上架著一條橫木的門，沒有屋頂。
2：日式房屋入口處，比屋內木頭地板略低半階的木台。

照，感覺上宛如嫩草一般地漂亮。

高田京太郎一回到公司事務所前，剛好遇到用掛在頸部的吊帶吊著手臂的肇事駕駛——山宮健次迎面走來。

「嗨。」高田開口，「你怎麼啦？幹了很不得了的事呢。」

在這種時候，就算是年輕駕駛，高田也絕不會厲聲訓斥。除了他沒有責備的權利，也是覺得這是種表達「我為了你們的緣故，費盡千辛萬苦去交涉喔」的方式。不明白表達出這層意思，而是向對方顯露出溫柔，是他的高明之處。

也就是說，他的目的是要藉此獲得駕駛的愛戴。

「抱歉。」

山宮低下頭。

高田看了他的臉，似乎沒有很痛，氣色也很不錯。

「傷口怎麼樣了？」

「是的，沒有大礙。」

因為山宮年紀輕，用字遣詞也很禮貌。

「聽說你被叫到R警署去了？」

「是的，剛剛才回來。除了訊問事發經過之外，駕照也被沒收了，說是在正式處分下來之前先保管。」

「嗯。現在正缺駕駛，像你這樣技術好的駕駛一旦休息了，公司也很麻煩哪！」

「是的，抱歉。」

「你是開車時打瞌睡嗎？」

「是。雖然我自己沒有想睡，但等我回神時，已經走進不得了的路了。我趕緊想踩煞車，卻無法順利煞車，反而打滑衝進那間房子裡。」

「幸好你有踩煞車，不然，那間老房子從頭到腳都會被撞爛呢！」

「高田先生，你去過那間房子了嗎？」

「嗯，剛剛去的，總之先趕去探視一下。」

「對不起。」

他急忙鞠躬。

「哎，不說那個，你只是受輕傷，真是太好了。」

「對方很生氣嗎？」

「出來的是夫人，她是個很溫和的人，我也放心了。」

「這樣啊。」

山宮說「這樣啊」的時候，嘴唇兩端稍微揚起了笑意。高田看到之後，認為他也安心了。

「雖然是先生去上班留她在家裡，不過若是那種狀況，夫人就算不情願也不會說出來吧？明天我想和你一起去賠罪，如此一來，對方心中的印象一定會變得很好。」

「就這麼辦。」

山宮點頭說。他垂下的睫毛還殘留著孩子氣的痕跡。

「哎，因為是你引起意外的，這也沒辦法。回去之後，今晚慢慢靜養吧……啊，還有，你去向課長打過招呼了嗎？」

「是的，剛剛去過……再見。」

山宮低下掛著吊帶的頭鞠躬，向對面走去。

高田京太郎回到事務所，先拿大茶杯裝熱茶啜飲，然後稍微瞄一眼課長的座位，此時有客人來訪，課長正熱心地和對方說話。

該怎麼向課長報告呢？他這裡是打算用兩萬圓解決，不過如果不先向課長報告要用三萬圓以上的話，從一開始就會設下範圍，那他就沒功勞了。
如果先說要三萬圓以上，他卻只用兩萬圓就擺平，他的本事就會受到好評。
當他在心裡盤算完的時候，訪客也走了，於是高田走向課長的座位。
「關於山宮的車禍……」
「喔，你好像馬上就趕過去了嘛？」
課長口中叼著給客人用的香菸。
「是的，我想早點去比較好，就買了籃水果當探望禮物，總之先去問候過了。」
「辛苦了。那，事情怎麼樣？」
「家主是一家名為平和化纖的公司的監事，剛好家主上班去了，我和夫人見面後，認為她好像不是那麼難對付的人，鬆了一口氣。」
「原來如此。」
「還有，我稍微看過撞壞的門和玄關那裡，不過房子挺老舊的，所以關於修理費用，由於現在木匠的工錢和其他費用都漲了，我想大概要花三萬圓以上。再來，說到賠禮嘛？再加慰問金一萬圓，大約要準備四萬出頭來處理。」
「這樣就夠了嗎？」

課長露出一副「太便宜了」的表情。

「是的。我會盡量在這個範圍內處理好。」

「麻煩你了。」

高田退下後，由於即使報上四萬圓，課長還是露出太便宜了的表情，他認為這份工作很容易。

這時候，對面正在講電話的男子叫了他一聲。

「看樣子，好像是今天早上車禍被害人的家打來的電話。」

他向高田轉達。

高田接了之後，電話筒流出清脆悅耳的女子聲音。

「這裡是山西家……」

「啊，是夫人嗎？我是稍早過去打擾過的高田。」

那位夫人膚色白皙且與黃綠色毛衣十分相襯的容貌浮現在他眼前。

「哎呀，您好……那個，我有個請求，意外發生也是無可奈何的，所以希望貴公司可以不要太責備駕駛先生……」

2

高田京太郎接了山西省三妻子的電話之後，緩緩吸著香菸。最近很難得會聽到這種話。

身為負責處理意外的人，他自始至終都會去受到貨車損害的家中巡視，不管哪裡都把他當成罪人對待，在那樣的情況下，他從起初就不得不一個勁地低頭聽訓。

因為若從一開始就抗拒，最後整起交涉會發生糾紛，賠償金額也會變高。盡量迅速處理紛爭，對公司來說就有功勞。挑起事端，發展成和對方的訴訟案件的差勁手法，是他最想避免的。必須以便宜的賠償金額趁早解決才行。

對方要求實際受害金額三倍左右的賠償，這甚至可說是絕對會發生的。這部分就要靠他發揮本事了，不過，首先，在對方激動的情緒平靜下來之前，他這邊絕不會引起衝突。其中也有盛氣凌人的人，要把肇事駕駛叫過去揍一頓才罷休。

在眾多那種人之中，由對方特地主動打電話過來拜託說：

「意外發生也是無可奈何的，希望貴公司可以不要太責備駕駛先生。」

可說是稀有的佳話。那件意外不管怎麼想，駕駛都沒有辯解的餘地。偏離應該走的路線進入其他道路，撞壞大門和玄關，而且還是在凌晨零時這種深夜，不管對方如何抱怨，也是沒辦法的事。

高田惶恐地對著電話那頭道謝，不過照這情況來看，損害賠償似乎也可以輕鬆處理。也有奇特的人呢，他如此心想，馬上就將電話的內容說給旁邊的人聽。其他人也露出一副「此事確實罕見」的表情，不過也有人抱持謹慎的論調：

「說不定是一開始先擺出柔軟的姿態，說到賠償金就會露出貪得無厭的嘴臉哪！」

可是，從先前見到的夫人的印象，高田不認為會那樣。夫人膚色白皙的臉龐與黃綠色的毛衣一同浮上腦海。她不諳人情世故，明明應該要由自己這方慎重道歉才對，她卻為難得不知該看哪裡才好。

只不過，雖然夫人方面那樣很好，但問題出在丈夫那邊。因為是公司的大人物，所以很有可能會擺出一副強硬的態度。儘管還沒見過面，總覺得若是那位夫人的丈夫，說不定反而不好辦。

在電話裡，夫人對錢的事情一個字都沒提，只說了不要太責備駕駛而已。

高田對此也很在意。為何她會如此關心駕駛呢？

若要高田用現在的話來形容山宮，就是有點潮的男人，他認為或許那位夫人因此對山宮懷有好感。山宮雖然二十一歲了，長相卻總還殘留了少年的稚氣。

那位夫人儘管穩重，應該才三十一、二歲左右，是會在不知不覺間對年紀小的男性抱持同情的年齡。

高田雖然那麼想，但沒說出口。其他人也不想一直談論這種小事故的話題，他們彼此都有很忙的工作。

高田在離開山西家的時候，曾經對夫人說，等先生回家了，他會再詢問損害賠償與其他事情；不過夫人則是回答說，因為丈夫回家時間晚，所以指定要他明天早上再去。

——然後過了大約兩個小時，那位山西家的家主打電話過來。由於是別人轉接的，高田立刻接聽。

「你是車禍意外的負責人嗎？」

電話裡的聲音既沉又粗。

「是的，正是，敝姓高田，這陣子實在非常抱歉……」

「高田先生，你就是我不在家時過來看的人嗎？」

「是的，我馬上就去貴府上賠罪了。」

高田推測，那位夫人應該是打電話去公司，將高田的事告訴丈夫。

「我昨晚出差，現在還沒回家，所以沒看到，不過聽說好像受損得很嚴重。」

咦？高田疑惑地想。

這位家主說，昨晚是因為出差才不在家。高田與夫人見面的時候，雖然說過丈夫上班去了，但那指的是出差嗎？家主還沒看到房子受損的情況，應該是因為他今天早上出差回來，然後沒回家直接就去公司了吧？

「是的。實在非常抱歉。不過，待您回家看過就會明白，大門與玄關處的損壞程度，我認為並沒有那麼嚴重。」

高田立刻開始進行攻防策略。

「是嗎？」

對方覺得可疑。

「根據內人的通知，大門和玄關似乎都一塌糊塗……」

可是，那是因為建築物本身就很舊了，高田本來打算這麼說，但透過電話容易刺激情緒，因此高田現在沒有提到那件事。

高田京太郎，在約莫傍晚六點前往杉並的山西家。聽說家主會在六點半回家。與夫人的說法不同。

高田到了那邊一看，大門還是壞的，只有玄關做了緊急處理，將雨棚等等豎立起來排好，綑上繩子。高田在側邊的出入口說：

「一再前來打擾府上了。」

然後夫人走了出來。

「十分抱歉，要您從這裡進來。」

她比高田還過意不去，但無法從玄關走進去，是高田的公司的責任。

房子出乎意料地大。走過長長的走廊，打開盡頭的門，裡面是西式客廳，儘管由於房屋老舊而有陳舊感，卻仍裝潢得令人心情舒暢。

高田坐上椅墊後，夫人端茶進來。她身上穿的不是今早所見到的黃綠色毛衣，這次穿的是和服，這也很適合她。

「十分感謝您。」

高田對著她端出的茶杯鞠躬。

「給您添了很多麻煩。」

夫人依然相當恭敬。

「不，我才要向您道歉……而且，剛才接到您客氣的來電，更讓我惶恐不已。」

「不會……可是因為駕駛先生並非有意引起意外，要是公司太責難他，我心裡會過意不去。」

「是的，謝謝您。那一點我已充分轉告課長了。」

「請問，駕駛先生的傷勢如何？」

「是的，我回去的時候剛好遇到那位駕駛——是姓山宮的男性——他好像沒有大礙。醫生似乎也說，只要治療三天就能康復。」

「比想像中的還輕微，真是好消息。」

在他們談話的途中，門把微微發出聲響，夫人於是匆匆離開現場。她一離開，門就開了，一名年約四十的福態男子走進來。

高田從椅子上陡然站起來。

家主的髮量有些單薄，不過外貌堂堂，脖子很粗，腹部稍微突出，確實看得出身為公司重要幹部的威嚴。

身穿和服的山西省三慢慢坐到椅子上，單手拿著點燃的香菸，面向高田。他的眉毛濃密，嘴唇寬厚。

「我回來一看，嚇了一跳，比我透過內人的電話所想像的還要嚴重哪。」

雖然言詞輕鬆，眼神也帶著微笑，不過可以清楚感受到對於賠償不會讓步的決心。

「實在非常抱歉。我回去詢問駕駛，似乎是因為有些疲倦產生錯覺，開入錯的路，慌張之餘打滑了……」

「原來如此。我昨夜也到別處出差，今天早上到公司，公司的人忽然慰問我，讓我吃了一驚，我也是那時候才看到早報的報導……上面寫疲勞駕駛，事實上是如此嗎？」

「是的，很抱歉……」

因為是事實，這點無法辯解。

「正當我想立刻打電話回家時，內人就打來告訴我損害的程度。不過，實際看見之後嚴重得出乎意料，真是嚇我一跳呢。」

「鄙人在此由衷感到抱歉。那麼言歸正傳，遭破壞部分的修繕事宜全部交給我們也沒問題，若貴府上有熟識的木匠師傅，那方面的費用也可以用現金的方式付給您……」

「不，我家沒有認識的木匠，不過，如果交給你們辦，也總感覺不好，還是請你們把錢付給我們，讓我們自己去修吧。」

「那麼，就照您吩咐……不過，金額大約需要多少，希望能聽聽您的意見。」

「這方面你比較熟，應該清楚需要多少修繕費用吧？到底要花多少錢呢？」

「是的，這牽涉到很多方面……」

高田沒有直接說出金額，

「金額會因受損程度而有差異，以貴府上的狀況，請問您的估算是多少呢？」

而是等待對方開價。

「這個嘛……」

山西省三雙臂抱胸，

「這種事，我也不清楚。最近木匠的工錢多少、要用什麼板材，我完全一無所知……這些能請你直接告訴我嗎？你應該遇過其他類似案例吧？」

「就照您的意思，那麼，根據其他案例來說，以這間房子的程度，首先估個一萬五、六千圓左右吧，因為我看過之後，認為這間房子有點老舊。」

「是很老舊。」

家主游刃有餘地微笑。

「畢竟是戰前的房子了……這樣啊，一萬五千圓是嗎？」

家主思考著。

家主叼著香菸陷入沉默，高田京太郎認為他是在思考額外的計算。

夫人只有端茶出來，之後就沒再看到她。如果她在旁邊，或許會責備丈夫無理，因此高田很期盼她的出現。

終於，家主在菸灰缸裡捻熄香菸，開口說：

「一萬五千圓，好像有點便宜哪。」

他果然這麼說了。

「那麼，您的看法是？」

「現在材料和木匠的工錢都漲了，而且如你所言，這間房子相當老舊，若現在做了大門、修理玄關，新的木料會太顯眼，與整體格格不入，為了和整間屋子取得平衡，就得另外加工才行。」

「您說的是。」

「既然如此，那就再加五千圓，以兩萬圓達成協議，如何？」

高田京太郎吃了一驚。從對方先前的樣子，他以為會獅子大開口要求十萬圓，結果只多了五千圓。若是兩萬圓，就合了高田的盤算，對他來說實在求之不得，不過他並沒有當場表現在臉上。

「誠如您所言……」

這次換高田沉思，他露出仔細思考的表情。

如果那個大門要以先前的模樣重做一個新的，再怎麼樣也不會到五萬圓，但若加上玄關，大概就要花那麼多。高田第二次來的時候才明白實際受損狀況，知道自己一開始的計算太隨便了。若對方拿到木匠與其他部分的報價丟過來，就得對課長說事情的嚴重性，使高田陷入窘境。

「就依您的吩咐行事。」

高田想盡快達成協議。

「既然對貴府上造成如此困擾，我們也不會無理強求，那麼，明天我會立刻帶兩萬圓過來。」

「嗯，就這麼辦。」

高田不由得低頭道謝，並喝完杯中的茶，打算馬上離開。

這時，山西省三慢慢將身子靠上椅背，問道：

「引起事故的駕駛，現在怎麼了？」

「是的，他本人也十分惶恐，明天會和我一同登門賠罪。」

「喔？這麼說來，他的傷很輕囉？報上說要治療三天，我原本還想他是不是住院了。」

「是的，託您的福，他的傷意外地輕。」

「不需要勉強帶他過來，他好像還很年輕？」

「是的，他二十一歲。」

「個性如何？」

「是的，他平時很認真，駕駛技術也很可靠，因此他會疲勞駕駛，實在令人意外。」

「這樣啊。因為這場車禍是才剛離開你們公司沒多久就發生的吧？既然如此，那應該不可能是太累所致，真是一件怪事哪。」

「應該是因為還年輕，不管睡多久都不夠吧？」

高田委婉地為山宮辯護。這方面也要拿捏分寸，若是太為自家員工說話，會破壞對方心中的印象。

「聽說您昨晚不在家？」

「嗯，稍微出個差。」

「那麼，突然看到新聞報導，還接到夫人的電話，想必大吃一驚吧？」

「當然，我嚇了一大跳呢。自己不在家的時候會發生什麼事，沒人能料到……不過，沒人受傷就好。」

「誠然。老實說，對敝公司而言，那實在是不幸中的大幸。」

他低頭鞠躬，說了句今天打擾了，然後便從椅子上站起來。

高田回到之前脫鞋的後門，但他直到最後都沒看到夫人。山西省三將手插在懷中，在出口目送他離去。

高田在回公司的途中，回想起一件讓他有些在意的事。

就是今天早上他去那間房子的時候，夫人明確地告訴他，丈夫剛去上班。

可是，家主出差了，昨晚沒有回家。

實際上，家主也說，深夜發生的意外，他是今天早上到公司之後，透過早報和妻子打去的電話，才首度得知。

高田曾一度認為，是夫人把出差誤說成上班，但即使如此，以一名妻子而言還是很奇怪。

還有，夫妻雙方都很關心引起意外的駕駛。雖說親切的夫妻是會那麼做，但這也有點罕見。

另外，儘管損害賠償也都幾乎是由自己這方開口，不過對方也知道報得便宜了。他覺得有點摸不清這對夫妻的性格。

明天駕駛山宮來了之後，再問問他車禍當時的狀況好了，高田如此想著。

3

高田京太郎來到留下加班的總務課長面前，報告與受害者方面的交涉情況。

「那還真便宜。」

儘管課長之前已經聽過高田的見解，但這個結果依然令他驚訝。

「是的，最重要的是，受害者能充分理解。」

高田也很有面子，相當高興。

課長要他明天立刻帶那筆錢去拜訪對方，還吹捧般地笑說，「果然沒有你不行呢」，然後建議他：

「也把駕駛山宮一起帶去道歉比較好。」

「是的，因為他的傷勢好像不重，我會找他一起去。」

高田回答。

那天晚上高田回家之後，向妻子自誇道：

「我只用兩萬圓就達成協議了喔！大門和玄關都撞爛了，還挺嚴重的呢，雖然對方說這說那，但最後還是靠我的交涉，在這種程度就解決了。課長非常高興呢！」

高田強調房屋受損的狀況，吹噓自己的本事。

「是喔？還真是不能沒有你呢。」

妻子也恭維心情大好的丈夫。

「可是，損害得那麼嚴重，還真虧對方能認同那個價錢。」

「嗯，對方的夫人是個非常好的人，從一開始就顯得很穩重，我認為那也是因為我的誠意打動了她，不過麻煩的是丈夫那邊，畢竟是擔任公司要職，雖然說了很多理由，不過最後還是我比較拿手，管他是公司的重要人物還是什麼的，在這方面的專業度不可能比得過我。」

翌日早晨，前往公司上班的高田，去會計那裡拿了賠償款的現金，用奉書紙[3]包好，再綁上細繩結。

他在上面用毛筆寫了很醜的「慰問金」三個字，雖然醜，但因為他寫習慣了，所以還是有個樣子。

高田用方型小絹布包起那筆錢，收進口袋裡。當他走出事務所時，在車庫檢查車子的駕駛們開口叫他：

「高田先生，山宮那件意外報上寫得很大，會賠很多錢吧？」

「哎，對方是說了很多麻煩的事。」

他笑著回答。

「最後用兩個解決了。」

「兩個？二十萬嗎？」

「不對不對，再少一個零。」

「哇！那傢伙雖然很會講價，還是比不上高田先生啊。」

「因為我很熟悉這種事嘛，就像你們很會開車一樣。」

在他們說這些話的時候，偶然在對面看到當事人山宮的身影。

3：一種以楮皮為原料的紙，通常用在神道儀禮上。

山宮脖子上已經沒有掛著吊帶，受傷的手臂插在褲子口袋裡，信步走來。

「喔。」

高田發出有些驚訝的聲音。

「你已經好了嗎？」

「是的，讓您擔心了。」

山宮微笑著輕輕低頭。

「不痛了嗎？」

「是的，已經不要緊了，醫生也說沒有骨折的跡象，如果不痛了，要回去工作也可以。」

「那就太好了。不過，可別勉強喔。」

「是的，已經不要緊了。」

「啊，在這裡遇到你正好，今天你休假吧？」

「我現在要去找車輛調配主任，想請問工作的事。」

「今天就休息一天嘛，要保重身體啊。不過，你要不要和我一起到對方那裡道歉？」

「高田先生，你和對方談妥了嗎？」

「嗯，那個你放心，用兩萬圓達成協議了。」

「只有兩萬圓嗎？」

山宮出乎意料似地張大眼睛。

「我的交涉在那方面進行得很順利喔。」

「可是，真令人吃驚，破壞得相當嚴重耶。」

「因為對方的夫人也很同情你，所以才能簡單解決。」

高田說到這裡，看著山宮蒼白的臉。頭髮燙了漂亮的波浪，鼻樑高挺，嘴唇紅潤，垂下的睫毛也很長。那位夫人所同情的，或許是山宮這張孩子氣的臉龐。

如此想了之後，高田想起那位監事夫人豐腴的身材，心情變得有些嫉妒。

如果帶山宮過去，那位夫人說不定也會高興。高田也想從旁觀察她的模樣。

「山宮。」

在前往山西家的途中，高田京太郎說：

「關於你在車禍發生當時的事啊；待會兒我要把錢交給對方，要是到時對方又說東說西的我會很麻煩，所以謹慎起見，我想先問問你。你的貨車衝進那間屋子時，第一個跑出來的人是誰？」

「這個嘛……」

低著頭的山宮往上看一眼高田的臉，

「我想是夫人。」

他低聲回答。

「唔，夫人啊。因為發生在半夜，所以嚇一跳馬上起床吧？」

「從撞破大門到衝入玄關，只是一眨眼的事，我也發了一會兒呆，然後裡面的燈亮了，穿著睡衣的夫人走出來。」

「什麼？穿著睡衣？」

高田想像她穿睡衣的模樣。

「夫人沒有對你說什麼嗎？」

「嗯……我想，好像一開始是說啊，接下來才大叫的樣子。應該是嚇一大跳，突然發不出聲音吧？」

「那是當然的，因為房子像地震一樣忽然搖晃起來……家主呢？」

「家主？沒有，沒有出現那樣的人。」

山宮把頭搖得像波浪鼓似的。

「也就是說，你看到走出來的只有夫人而已嗎？」

「是的。」

山宮篤定地點頭。

「我走下貨車道歉時也只有夫人而已，沒有其他人。」

「應該有傭人在才對……」

「啊，有傭人在場。不過，她之後才睡眼惺忪地趕來，只是慌張地轉來轉去而已。那時候，被聲音驚動的鄰居就一口氣湧過來了。」

「原來如此。」

如果是那個小地方，高田認為肯定是那樣。他又想起首次造訪的那天，附近的主婦們聚集在山西家的模樣。

「從你撞壞房子到鄰居聚集過來，這之間隔了多久時間？」

「那只是一瞬間而已。我在向那位夫人道歉時，人就蜂擁而至了，其中三、四個男人來勢洶洶地向我爭論，報警的也是那些鄰居。哎，真的，來了好多人，連女人小孩都絡繹不絕排成人牆，應該來了超過三十人吧？」

「夫人從頭到尾都穿那樣嗎？」

「不是，看到鄰居好像要過來了，她就趕緊換上和服。那位夫人好像也受到驚嚇，處於不知該如何是好的狀態。」

「這樣啊。」

那位夫人在那種狀態下，還有能夠悠閒地端詳山宮長相的餘裕嗎？高田對此感到有些奇怪。

「夫人有對你說什麼嗎？」

「這個嘛，沒有呢。」

「你道歉的時候，她有回應吧？」

「沒有，就只是沉默不語。」

高田認為，在那種情況下，她或許無法一下子做出回應。然而，事後卻打電話要公司別太責備駕駛，那位夫人的心裡到底是怎麼想的呢？

高田認為山宮沒有說謊。

他們來到山西家，大門還是之前的樣子，只有玄關已經由木匠著手修繕。高田像昨晚一樣繞到廚房的後門。

年約十八、九歲，正在洗碗的胖女傭為他轉達。

然後女傭請他們進去，帶到昨晚的客廳。

夫人馬上來了，不過今天她好像幫忙修理玄關，之前看過的黃綠色毛衣上黏了些許木屑。

「不好意思，我這副打扮。」夫人輕搥自己的肩膀。

「火速前來，送上此次由於我方的疏忽，造成貴府上困擾的賠禮。」

他在夫人面前恭敬地遞上奉書紙包。

「哎，您太客氣了。」夫人低下頭。

「託您的福，能得到您的諒解，實為萬幸。課長也相當高興。」

高田喝一口端出的茶後說道。

「不，那並不是故意而為的，這點我們十分清楚。」夫人也回答。

「那麼，甚為惶恐，由於敝人代表公司，需要向會計呈報，可以請您寫收據嗎？」

他說收據也一併放在那個紙包中，夫人打開紙包，看到二萬五千圓的現金，露出訝異的神色。高田說明五千圓是慰問金，這也讓夫人感到不好意思。

高田看了她寫的收據，上面寫著「山西省三代理　勝子」，字寫得相當好看。原來，這位夫人名叫山西勝子啊。

「請問，駕駛先生，你的傷還好嗎？」

她抬頭詢問山宮。

「是的，如您所見，沒有大礙。」

高田摺起收據收入口袋中，同時窺視夫人與山宮的樣子。

可是，儘管年輕的山宮以一副眩目的表情說話，夫人只是以一般同情年輕人的態度，說話時並沒有特別偏袒的意思。

高田不好意思馬上提出下一件事，而且他也想再稍微多看一下她的臉。也就是說，高田會瞎猜她和山宮之間的關係，可說是因為他本身也對夫人抱持興趣。

「對了，根據山宮的報告，那天晚上在車禍發生之後，似乎來了不少附近鄰居？」

「是的，沒錯，畢竟這裡住了很多人家。」

她微笑著說。

「哎，您說的是。因為是貨車把房子撞壞了，鄰居大概以為有炸彈掉下來了吧？那天晚上，您是否因為那場騷動而睡不安穩？」

高田順著話題，連多餘的事都問了。

「嗯。一直心神不安，直到天亮……」

「誠然，因為尊夫不在，會更擔心吧……聽說尊夫當時出差？」

「是的。他第二天早上立刻就要從大阪回公司，也是幸好。」

此時高田又感到奇怪。明明知道丈夫到大阪出差，之前他來造訪時卻說丈夫去上班。若她是說丈夫去上班，表示那天晚上丈夫在家。

但是，這裡或許也是口誤，將「出差」誤說成「上班」了，高田這麼想。

「府上有孩童嗎？」

高田問。

「不，沒有小孩。」

夫人垂下眼神回答。

「這樣啊，那很寂寞呢。」

丈夫年紀也大了，這位夫人雖然年輕，但他認為也過了三十歲。大概是不孕夫妻吧。

「不過，要是有小孩在，那場騷動會變得更麻煩吧？」

高田雖然這麼說，他的腦海中卻約略浮現出自己對於丈夫出差不在家，膝下無子女的夫人與女傭兩人的生活情形。

「此外，抱歉還有一事需要麻煩您，不知是否可勞駕您和我們前往R警署，幫忙領回山宮的駕照？」

「您的意思是……」

「其實如您所知，敝公司人手不足，這位山宮一休息，其他駕駛的排程都會大亂，而且山宮也還年輕，平常為人認真，還有大好前程，我不希望他的駕駛記錄有污點。」

「警方同意嗎……」

「關於這一點，因為我負責處理事故，在那方面還算有面子，而且是物件事故，所幸能得到被害者家中充份諒解，我想會很順利。」

「若如您所言，我也得跟去才行了。」

夫人不知是否有些同情英俊的年輕人，還跟他們去R警署。

山宮從第二天開始上班。高田機靈的處理方式，提升了他在公司與駕駛之間的信用。

4

二月十六日的早晨。

山梨縣北巨摩郡XX村附近的斷崖下，當地農婦發現了一名渾身是血死去的年輕男子。

這個斷崖的高度約有二十公尺。就地理上來說，中央線鐵路從甲府往北走，會抵達一個名叫韮崎的車站，路線從這裡開始到小淵澤為止，會爬上逐漸變陡的斜坡，行走在台地上，西側則是由沿著釜無川的斷崖構成。

管區警署據報前往驗屍，男子乍看起來是二十一、二歲，穿著外套與燈心絨褲，死後大約經過四到五小時，頭部有相當嚴重的裂傷，全身也有數處挫傷，看起來像是從斷崖上墜落。正上方的台地有中央線鐵路，還有與其平行、連接甲府到長野之間的國道二十號。男子可能是前一天晚上失足墜落摔死的。這一帶偶爾會發生這種意外。

搜尋死者的衣服後，找到駕照與身份證。

駕照上寫著「山宮健次」，身分證上則註明是東京的「協成貨運有限公司雇員」。看樣子，男子應該是名卡車司機。

屍體被送往甲府的醫院解剖，頭部的裂傷中，有墜落時受岩石撞擊的傷，右側頭骨上也有遭到鈍器攻擊的龜裂骨折，意即堅硬的棒狀物之類的東西毆打才是致命傷，因此推定死者是在意識不清的情況下遭人推落斷崖致死。至此，縣警才首度改為命案搜查。

縣警根據死者的身份判別，透過警視廳連絡東京的協成貨運有限公司，結果公司似乎早已知道發生了意外，所以已經派遣負責處理的人前往當地。

那位負責人在下午兩點左右搭火車在小淵澤站下車。當他在地方上四處閒晃的時候，當地派出所的員警找到了他。

負責人是貨運公司的車輛調配股主任，這位名叫梅村忠平的男子，被巡查帶去所轄警署設置的搜查本部，如下陳述自己來這裡的原因：

被害者山宮健次，和另一位駕駛佐佐行雄一起，在昨天十五日晚上八點左右，搭乘開往松本的貨運卡車從東京出發。這間公司處理的是長距離的定期貨運。

在甲府卸下部分貨物後，接著裝載送往松本的貨，直接開往目的地。這輛貨車抵達甲府的時間是十六日凌晨一點左右，約兩個小時後，有在北巨摩郡ＸＸ村附近休息的習慣。這裡恰好是東京與松本的中間，同時也是經由韮崎到達富士見高原的上坡路入口，附近有三家以深夜卡車司機為客層而營業整晚的餐飲店。

在寒冷的冬天，駕駛們會在這裡一邊吃關東煮，一邊喝熱咖啡；夏天則是拿著果汁和飯糰休息。

出事的山宮健次與佐佐行雄的貨車也到了那個地方，根據佐佐的報告，當時其他還有約五、六台卡車停在餐飲店附近。

他們也在一家餐飲店吃豆皮壽司。那時候，同一家餐飲店裡還有佐佐熟識的其他公司駕駛，佐佐由於正和他們聊天，所以沒注意到山宮已經不在他旁邊。

因為二十分鐘休息時間過了，佐佐正想差不多該出發了而環顧四周，卻沒看到山宮的影子，就連他點的豆皮壽司也沒碰過，原封不動地擺著。起初佐佐以為他去洗手間，於是又等了五、六分鐘，但還是沒有回來。佐佐詢問店員山宮的去向，不過因為當時人有點多，店員也不清楚。

佐佐走出店外，用手電筒在黑暗中尋找山宮，可是到處都沒找著。

說到二月十六日，那天夜裡寒意刺骨，若是夏天，山宮曾經有過為了貪涼而在那一帶的草原小睡的事，不過這次不可能。束手無策的佐佐，在時間逼迫下，只好自己一個人開貨車。那時他對餐飲店的人說，如果山宮出現，就告訴山宮說他自己先出發了。

佐佐獨自開車到松本，一到松本的營業所，他就馬上將此事連絡東京總公司。當時大約是在早上八點左右。因為總公司值班的人不在，這份報告之後才從值班人員的口中轉達給幹部。

山宮不可能也沒有理由擅自隱瞞行蹤，總公司由這點判斷他發生了意外，於是為了調查，將負責車輛調配的梅村主任派往現場。

所以梅村在來到這裡之後，才首度得知在斷崖下發現了山宮的屍體。

「那位搭擋的駕駛佐佐，現在在哪裡？」

搜查本部的負責警官問道。

「我想他還在松本。由於駕駛是由東京出發，第二天早上抵達松本，所以那天一整天都會讓他們在營業所補眠，晚上八點再載著那邊的貨物折返東京。因此我想佐佐還在那裡睡覺。」

「山宮與佐佐之間，關係如何？」

「沒有發生什麼問題。因為他們年紀差不多，交情似乎很好。」

搜查本部好像理所當然地懷疑起佐佐來了。

佐佐行雄在山梨縣警的連絡下，翌日早上出現在搜查本部，回程的車由其他駕駛代為開回東京。

佐佐的陳述，與前來配合調查的車輛調配股主任的說詞無異，不管是山宮不見了的事，或是之後的處理方式都一樣。

此外，搜查本部也到之前山宮他們所休息的餐飲店探查情況，結果也與供述相符。

「你很清楚山宮的長相嗎？」

調查餐飲店的搜查員詢問時，對方回答，因為山宮常開定期貨運過來，所以山宮的長相他記得很清楚。他說他也一樣記得佐佐。實際上，佐佐因山宮不見了而慌張時，這家餐飲店的人也一起在附近尋找。

「因為當時剛好很忙，所以我不知道山宮為何走出店外。當時也有其他公司的駕駛進入店裡吃飯糰或烏龍麵，每個人都是熟面孔，沒有看到奇怪的人。畢竟是凌晨三點這種時間，一個普通的客人都沒有。」

餐飲店方面如此回答。

佐佐行雄雖然有嫌疑，可是在餐飲店方面，以及其他公司駕駛的供稱中，他在山宮失蹤時刻的前後都一直待在店裡，出發前五、六分鐘還在找山宮一事也得到證實，佐佐因此暫時可以摒除在嫌疑之外。

此外，搜查員也到另外兩家餐飲店調查，可是這兩家店也一樣，當時進入店裡的都是卡車駕駛，沒有其他可疑人物。山宮失蹤的時間，是從凌晨三點到三點二十分之間。

當然，雖然調查過在這個時段離開餐飲店的駕駛，不過由於當時每家店都正處於忙碌的巔峰，所以沒有人記得正確的情況。儘管如此，搜查員還是記下那個時段待在店裡的駕駛姓名與公司名之後才回去。

另外，關於附近是否停了轎車這一點，沒有得到確切的證據，因為其他民家都熄燈入睡了，那一帶又非常暗，如果關掉車燈停在分岔的小路上，即使卡車開著車燈也難以發現。儘管如此，去詢問過岔路上的民家，也沒問出有車子熄火停在自家門前，然後又開車離去的事。

若是火車的情況呢？

距離現場最近的車站，是小淵澤站。

那裡有一班凌晨零點十二分北上抵達小淵澤的列車，南下則是在兩點四十八分，兇手有可能利用這個。

從現場到小淵澤雖然有將近一公里，但由於鐵路比國道高，所以到國道為止一直都是下坡。

為求謹慎起見，搜查本部也詢問了小淵澤站的站務員，不過站務員說，深夜時北上的乘客只有四人，南下只有六人，人數非常少，幾乎都是當地人，沒有發現特別可疑的人。

可是，這個站務員的證詞不能說是正確，因為北上的四人之中有一位不是當地人，而南下六人裡有兩人的長相很陌生，雖然站務員努力喚起對那些人的相貌與年齡的記憶，但長相就不用說了，連對年齡的記憶都曖昧不明。

那麼，駕駛山宮為何會遭到殺害呢？不消說，不會是為了盜取財物，目前他身上的錢包裡，內容物分毫不少。從行兇狀況來看，有很強的怨恨。

於是，搜查本部的方針，變為對山宮的生活進行重點式的調查。

然而，山宮才二十一歲又是單身，雖然有點時髦，但好像還和女性無緣。他一個人在公司附近的小公寓租房間自己開伙，不像一般年輕人一樣愛玩，真要說的話是屬於儲蓄型的人。

至於人際關係，公司的駕駛同事之間，沒有和他特別要好的人，評價不好也不壞，連經常在工作上搭擋開貨車往返東京松本的佐佐行雄，和他也沒有深交。也就是說，沒有會產生怨恨的人際關係。

簡單說，山宮為何被殺，其原因一切不明。根據搜查本部的想法，在釐清佐佐的嫌疑之後，將範圍縮小為下述兩點：

①是當時在該處休息的其他公司駕駛所為。

②是與駕駛卡車無關的人所為。

於是，搜查本部在得知當時於該處休息的其他公司駕駛的姓名與身分之後，就對他們進行調查，但一無所獲。此外，由非駕駛的第三人行兇這一點，如前面所述，無法確認是否有人在附近停車，而且對於從小淵澤上車的乘客，也無法掌握有力線索，因此找不出決定性的關鍵。

不過，一直到最後，搜查本部都推測兇手應該是山宮的熟人。

因為山宮若是被兇手強行拉到命案現場，他一定會大叫，而且又是晚上，在附近餐飲店休息的駕駛不可能沒聽到。也就是說，推測山宮是與雙方合意的人同行至斷崖附近的暗處，然後在那裡突然遇襲。

然而，在人際關係狹小的山宮周遭沒有發現可疑的嫌犯，因此搜查本部認為或許在他的交往關係中，有第三者所不知道的人物存在。

接著是兇器。根據解剖的觀察結果，

「右側頭骨有龜裂骨折，硬腦膜下可看見血腫，推定是遭到鈍器之類的物體攻擊」。

這表示他是被棍棒或其他東西毆打致死。

話雖如此，由於無法判定是否一擊就直接當場打死，因此如前所述，推定兇手是先引發死者腦震盪，然後趁著暫時意識不清時，將死者推落斷崖，使死者完全斷氣。

於是，搜查小組首先努力尋找做為證物的兇器，但附近沒發現像是兇器的物品，這也明顯阻礙了搜查的進展。

就這樣，這起案子打從一開始，陷入謎霧的跡象就十分強烈。

高田京太郎馬上就把山宮遇害一事告訴妻子。這次也是在報紙還沒報導之前，根據從東京到案發現場進行調查的車輛調配股主任的報告而來的。公司也因此大為騷動。

高田的妻子也屏息聽他說話。

「果然，人在不幸死亡之前，都會出現某種徵兆哪！」

高田一邊晚酌一邊說。

「喏，之前那小子在偏離甲州街道的路上，開貨車撞進路邊的房子吧？像那件事，他平常明明應該不會開進那種路，卻因為一邊打瞌睡而把車開進去。山宮雖然年輕，可是駕駛技術很可靠，那小子很少發生車禍，所以果然是壞事的前兆。」

「真令人毛骨悚然呢。」

妻子也說。

「還有，你說在那次意外中受到牽連的人家，賠償金也要求得很低。雖然也可能是因為你的本事，不過那種罕見的情況，也讓我有點在意。」

「沒錯。其實我也很意外對方居然那麼坦率老實，就像妳說的，那說不定也是那小子的死亡前兆之一。」

「到底是誰殺了山宮？」

「誰知道呢。警方現在雖然懷疑一同搭上貨車的那名姓佐佐的駕駛，可是因為佐佐也是個性溫和的人，無法想像他會殺害山宮。」

「會不會是當地的不良分子？」

「如果是不良分子，就會吵鬧什麼的，發出很大的聲音吧？可是，根據今天到案發現場進行調查的車輛調配股主任的報告，完全沒有那種情況，也就是說，山宮簡直可說就像一陣煙一樣，突然從餐飲店裡消失了。然後到了今天早上，在斷崖下被人發現屍體，這實在很不可思議。」

「就是說啊。」

「如果山宮在東京遭人怨恨，命案就應該會發生在東京才對，所以就是有個人對他懷有深仇大恨，甚至還特地到到那種偏僻地方去，可是我也不知道那會是誰。」

「那個姓山宮的人很老實嗎？」

「他在公司裡的評價很不錯，甚至可說是人品很好。」

這是在得知命案的當天晚上，高田夫妻之間的對話。

此時，高田京太郎忽然想起那位山西家夫人的臉。這樣說來，在那件車禍事故中，夫人很同情山宮，還特地打電話來，要公司別太苛責駕駛。

若是這起命案明天早上上了報，那位夫人會以什麼樣的心情看報導呢？不過她說不定不記得駕駛的名字，或者就算看了報紙也沒注意到那則新聞吧！

雖然沒有必要特地去向夫人報告這件事，不過他想，過幾天再去那個家一趟，探視一下撞壞的大門與玄關修好了沒也好，到時再順便提一下山宮的死訊好了。他想，那位夫人應該也會吃驚吧？

自第二天起，刑警就來到公司，詢問駕駛等人許多關於山宮的問題，甚至還去向公司高層幹部詢問狀況，使公司在數日內也不由得瀰漫著一股心神不寧的氣氛。

高田由於平時就不太常與山宮接觸，所以刑警什麼也沒問他。

5

二月十七日下午三點左右。

位於山梨縣和田隘口的千代田湖畔的竹林中，發現一具三十一、二歲女子遭到勒斃的屍體。該名女子在純黑大衣下，穿了藍色毛衣與黑色長褲。

當時正值週日，發現者是擠滿當地的溜冰客，而屍體被棄置在離湖畔稍遠的不起眼之處。

發現者是一名少女，她跟團來溜冰，在痛快地玩過之後，她脫下溜冰鞋換上運動鞋，在捉迷藏遊戲中四處奔逃嬉鬧著進入竹林裡時發現的。

千代田湖位在甲府市北方四公里處的和田隘口下方，是南北長一公里的人造湖，原本是戰時為了灌溉用水所建造的丸山蓄水池，戰後改名為千代田湖。四周圍繞著松林，是海拔六〇〇公尺的美麗湖泊，春季時可釣白鯽魚或划小船，冬天則可在結冰的湖面溜冰，深受甲府市民喜愛。

和田隘口再往北往下走，會抵達著名的昇仙峽，沿著荒川溪谷溯溪而上，從溪谷變窄的地方開始，由仙娥瀑布到御嶽，裡面的名勝接連不斷，不過幾乎沒有人會在這二月時節造訪。

現場因為正逢假日而十分熱鬧，還有茶館，但平時冷冷清清，離住家也很遠。

接獲報案後，甲府警署便進行調查。死者死後經過三十到四十小時，據估計極可能是在二月十五日夜晚遭到殺害。

屍體附近當然沒有發現女性應該會持有的手提包。可是，因為在長褲口袋裡發現名片夾，因此馬上就釐清死者的身份。

——上面寫著，東京都千代田區富士見町XX號，永福信用調查所所員濱口久子。

甲府警署委託警視廳與該機構照會，同時當天就解剖了屍體，死者頸部有一條很深的勒痕，推定是以繩索絞殺。

胃袋的內容物已經呈現消化狀態，觀察內臟的結果，也沒有可做為線索的變化。但是，死者處於相當程度的空腹狀態，這一點成為搜查時的參考，因為通常晚餐時間是在六點到八點左右，可推定是在那段時間之前遭到殺害。但是，本案的案發時間比此更晚，因此從死者空腹來到夜晚荒涼的場所這一點，似乎可以窺知背後隱藏了某事。若要去昇仙峽，走的不是這條山路，而是要通過名為湯村的溫泉區，還有迂迴的巴士車道，東京的女性不可能通過這裡。

翌日收到警視廳的答覆，確認該地址確實有個叫永福信用調查所的機構，也有一位名叫濱口久子的所員。在警視廳的電話中，也提到信用調查所的所長已火速前往現場。

那位所長出現在甲府警署時，是下午三點左右。所長遞出名片，自介為田中幸雄，外表看來約四十五、六歲，年輕時好像是運動員，身材高挑，膚色黝黑。

田中幸雄前往認屍，回答說那確實是所內員工濱口久子。

於是，搜查課員訊問死者到此地來的原因。

「所內員工會不斷對委託事項進行調查，若沒有調查，回來之後就無法回答出正確的事。濱口久子之前正在調查某家土木建築公司專務董事的品行，那是同一家公司裡其他董事的委託，她從之前就跟蹤那位專務董事，我想十五日晚上，她確認了專務董事投宿在湯村溫泉，然後就尾隨過來。」

課員詢問那家建築公司與專務董事的名字，不過田中所長面有難色地反問：

「無論如何都得說才行嗎？」

「由於發生了這種案件，希望您能協助調查。我很明白您的立場，我們絕對不會說出去，還請您告訴我們。」

課員拜託他。

「我們和警方不同，原則上絕對要保守委託的秘密，這是我們獲取信譽之處。也就是說，委託我們這種地方的人，都懷抱著許多事情，因此確保客戶的秘密是絕對條件。故此，我實在無法告知。」

田中所長不情願地說。

課員再度拜託他，說現在不是為了別的事，是貴所所員遭到殺害，我雖然明白業務的保密性，但希望至少務必坦白說出相關事情。

所長拿出筆記本，總算說出那個名字。根據所長所言，「光輪建設有限公司專務董事高橋太郎」就是濱口久子跟蹤的對象。委託人是同一家建設公司的常務董事S先生。常有這種情況，揭發爭奪公司內部勢力的競爭對手的私生活，是擊倒對方的手段之一。

「關於這位姓高橋的人的品行，濱口久子小姐曾向您進行過中間報告嗎？」

課員問道。

「我任命她進行這件工作已經兩個星期了，這期間我只收過一次報告。」

就這樣，根據田中所長所言，高橋專務董事與同公司的女事務員暗中互通款曲，不過這位女事務員也是社長的意中人，因此不如說探查兩人感情是社長的意思，只是交由其他董事委託調查。

「十五日晚上也是。」

田中所長說：

「因為聽說那位專務董事要帶女人去湯村的旅館，所以濱口那天一早就來到我這裡，說要去跟蹤，想預支旅費。於是我從會計那裡拿了三萬圓給她。」

「那筆錢，她收進手提包還是什麼東西裡面了嗎？」

會問這個問題，是因為沒有在現場發現那筆錢。

「嗯，她在我面前把錢收進去了，她拿的是黑色的、還蠻大型的手提包。這個嘛，除了那筆三萬圓，她應該還帶了兩萬圓。」

「濱口小姐三十二歲了，還單身嗎？」

課員問道。

「我聽說她七年前曾一度結婚，不過詳情我不清楚。」

田中所長回答：

「她在我的公司待了三年，工作非常努力，有時女性在調查方面比較有效果，雖然我也派過其他三、四名男女所員，不過濱口特別優秀。」

「濱口小姐有男朋友嗎？」

「這個嘛，我盡量不過問私人事務，就我所知，好像沒有那樣的傳聞。」

此時課員詢問濱口久子的住址，所長告知某棟位在東京都內高圓寺的公寓的名字。

「喔，這樣啊。」

課員放下記錄的鉛筆，

「可是，為何會這樣呢？關於死者在荒涼的和田隘口遭到殺害一事，你有什麼看法？我想，犯行多半是發生在晚上。」

「這個嘛……」

田中所長思考著，回答說：

「這是我的推測。雖然沒有任何證據，不過，如果她去了夜晚荒涼的和田隘口，會不會是目標的專務董事帶著女人走到那附近，而她跟蹤過去呢？」

「原來如此。若是如此，依你的看法，就是假設那位專務董事殺害了握有自己醜聞的濱口小姐嗎？」

「不，並非絕對如此，我只是說出一個想像而已。也就是說，在那樣的深夜裡，我無法想像一介女子會單獨走去案發現場。」

「我明白了。那麼，那位專務董事帶女人去湯村溫泉過夜，此事屬實嗎？」

「我並沒有實際確認，是她的報告上那麼寫的，所以我認為，那天晚上，專務董事是投宿在湯村某家旅館中，因為她的報告是正確的，身為所長的我，應該要相信她的報告。」

「濱口小姐被殺害的時候，似乎是非常空腹的狀態。」

「跟蹤的工作，常常會有無法用餐的情況。」

「沒有兩人一起輪班跟蹤的時候嗎？」

「有是有，不過簡單的跟蹤是獨自進行的。這次的情況就是如此。」

「這樣啊。我明白了。」

遺體由田中所長在此地火化後帶回去。

此時田中所長提議：

「雖然不知能否成為參考，我回到東京之後，會把濱口向我提出的中間報告送過來。不過單純只是筆記的程度。」

警方高興地接受了他的提議。

搜查小組以田中所長的話為基礎，在湯村一帶尋找高橋專務董事與女子投宿的旅館。

他們先查在二月十五日晚上，有沒有符合年齡的投宿客，反正是用假名，看住客名冊不準，因此要從外貌與其他方面進行調查。

由於湯村是離甲府開車只要十分鐘左右就會到的溫泉鄉，來此的客人也頗多，可是旅館數量卻沒有那麼多，因此調查沒有花太多工夫。

有幾組客人的年齡符合，不過要確認那些名字的身分，需要花上幾天的時間，因為也有東京和關西方面的客人。

然而，這樣一來，山梨縣就在同一個晚上發生兩起命案了。

另一起是在北巨摩郡XX村附近的斷崖下被發現成為屍體的貨車駕駛——山宮健次。即使不知道哪一邊的行兇時刻較早，大致上這邊應該比較晚。然而尚未鎖定兇手。

沒人認為這兩起命案之間有關聯性，只是碰巧同一天晚上發生在同一個縣內而已。以距離來說，山宮健次屍體所在的現場，與濱口久子遇害的和田隘口，大約相距五十公里，方位也差很多。

謹慎起見，甲府警署詢問了山宮健次命案的情形。

依據縣警署搜查課所言，兇手連個底都沒有。

山宮健次遇害的時間，與其說是十五日晚上的深夜，其實是十六日的凌晨三點，濱口久子遇害時間似乎比較早，應該是十五日晚上。

同一個警署裡有多起命案並不稀奇，沒必要因為命案發生在同一天，就認為兩者有關聯。

次日傍晚，回到東京的田中所長寄的快遞，送達了甲府警署搜查課。

在那封快遞信件中，除了為前陣子受到關照道謝，還有濱口中間報告的筆記，那只是像卡片一樣簡單寫了字的東西，看了之後，內容如下：

「X日（五）下午五點開始在田村町的光輪建設總公司前跟監。下午五點十分，專務出來。馬上搭計程車尾隨。專務進入目黑的M料亭，不像談公事。九點左右，專務搭車回到大森的自宅，跟監結束。」

「X日（六）高橋專務下午五點二十分下班，前往四谷，進入某家咖啡店，叫公司車回去。三十分鐘後，女事務員K搭計程車前來，進入咖啡店。此時自己也進去，坐角落位，兩人不斷對話。我先出來等，五分鐘後兩人出來，攔計程車，前往大宮。跟蹤過去，在大宮公園附近的旅館過三小時。兩人牽手出來，搭計程車回東京。」

這樣的跟蹤狀況列在三張卡片上。就算看了這些，也可以知道濱口久子很熱心地在追那家建築公司專務董事的情事。警方也把濱口久子遇害當晚，高橋專務董事是否來到湯村溫泉一事列為重大事件。如果此事為真，則高橋就會成為濱口久子命案的重要關係人。

從甲府出差到東京的搜查員，在光輪建設總公司見到了高橋專務董事。

「要請教私事實在很不好意思，但由於發生了一件重大案件，故想請教專務先生與案件相關的行動。」

搜查員如此開口之後，高橋專務董事的臉色一變。

「什麼事？」

「在那之前容我先聲明，待會兒所詢問的問題，以及您的回答，一切都會對外保密，因此希望您能協助調查。……二月十五日晚上，請問專務先生人在哪裡？」

專務用吃驚的眼神看著刑警，接著表情轉為困惑。

「……我想想，那天晚上，我想我應該很早就回家睡覺了。」

「是，這麼說來，您完全沒有到其他地方去嗎？」

「……是的，內人可以作證。」

「專務先生，您知道K小姐嗎？」

「我知道。她是我們公司的事務員。」

「接下來要問的問題實在難以啟齒，專務先生，您和那位K小姐有沒有進行特別的往來呢？」

高橋專務儘管臉色蒼白咬住嘴唇，還是否認說，絕對沒有那回事。

可是，從他的表情，刑警就確信高橋專務的行動符合濱口久子的調查，因此回到甲府警署後也通盤進行了報告。刑警沒有在專務面前說出信用調查所的名稱，是因為警方顧慮到該調查所的信譽。

另一方面，關於對在湯村旅館的那些客人所進行的調查，佐證結果出爐，最有希望的，是以假名投宿的千葉市男女。將此事詢問負責的旅館女侍者後，男子的長相簡直與高橋專務董事一致相符。

「那位客人是在二月十四日晚上十點半左右前來住宿的。」

負責的女侍者說道：

「退房的時間是十六日早上。這位客人與同行的客人，大約一個月會來一次，所以我認得他們的長相。」

於是，警方將高橋專務董事的照片拿給女侍者看，女侍者作證說，就是這個人沒錯。

在這裡有一個稍微奇妙的事，就是高橋專務董事入住旅館的時間是二月十四日。這麼一來，信用調查所所員濱口久子跟蹤專務來到甲府，實際上是在一天之後的事。

這和所長所說的有點出入。他說濱口久子在十五日早上，因為要跟蹤專務到甲府去，因此向他預借旅費。那一天，專務應該已經住在湯村了才對。話雖如此，一天之後才追去湯村，這麼做也是有意義的，因此未必是田中所長說錯了。

搜查員又詢問旅館女侍者：

「十五日晚上，那對男女客人有沒有到哪裡外出？」

「我想想……傍晚六點左右用完晚餐後，他們說因為很無聊要去看電影，就搭包租車出門了。」

那輛包租車也立刻查到了，湯村裡有包租車的營業所，駕駛作證說，他確實將兩人送到甲府市內的電影院門口。再度回到旅館時，是晚上十點半左右，此時他們搭的是市內的計程車，這是女侍者的證詞。

由於搜查方面得到如此佐證，因此得知高橋專務所說的話全是假的。他說出妻子可以證明他在家裡的這句話時，內心想必相當絕望吧。

包租車駕駛只送兩人到電影院前，不等於因此兩人就看了電影。讓駕駛以為他們要看電影，等包租車回去之後，高橋專務董事再引誘跟蹤的濱口久子，三人前往夜間的和田隘口，在那裡將其殺害，也有這樣的懷疑。至於手提包，應該是為了讓死者身分不明而帶走了吧？目的不是裡面的錢。褲子口袋裡會有名片，是因為高橋專務董事沒有發現。

要從市內到和田隘口，通常得搭車才行，雖然搜尋了這方面的車，但沒有找到線索。甲府警署的搜查員再度前往東京，秘密會見高橋專務董事。

搜查員提出旅館方面的證詞，專務董事點頭。

「的確，我為了面子說謊了。可是，就只是如此而已。我被什麼莫名其妙的事情牽連了嗎？」

專務董事以怯懦的眼神往上看著搜查員。

6

高橋專務董事對於自己的情事曝光顯得無奈，也對於警方為何如此執拗地訊問那種事起了疑問。這該不會表示自己被牽連進莫名其妙的案件裡了吧，專務董事好像也終於擔心起來。

「你知道濱口久子這個人嗎？」

搜查本部的主管警官問道。高橋專務董事與在和田隘口遇害的濱口之間究竟有無關聯，他對此仍半信半疑。

「濱口久子是誰？」

高橋專務董事茫然地問。從他的表情，主管警官察覺到高橋並非裝傻。

「是之前調查你品行的人。」

「調查我？」

高橋雙眼圓睜。

雖然濱口久子任職的永福信用調查所的田中幸雄說，基於業務性質，請警方不要說出名字，但主管警官還是不得不向關係人透露到某種程度。

「為什麼要調查我？」

高橋不滿地說。

「濱口久子就是在那種專門調查品行的地方工作。」

「是私家偵探嘛？」

高橋嘴唇歪曲，

「這樣啊……那我總算明白了，跟我一起走的女人常說，好像有個不認識的女人跟在自己後面走來走去，果然沒錯……真的是非常卑劣的手段。是誰委託他們來調查我的，我大概也猜到了。」

他似乎推測到，委託人是自己公司的競爭對手。

「可是，我認為警方是不會介入這種事的吧？」

「不，高橋先生，其實，那位跟蹤你的濱口久子，在二月十五日被人殺死了。」

「咦？」

高橋專務董事再次睜大眼睛，

「不過，那可和我沒有關係啊！」

他把頭轉向一旁。

「高橋先生，你知道山梨縣的甲府附近，有個叫和田隘口的地方嗎？」

「不，我不知道。」

「二月十五日晚上，你住在湯村，然後到甲府的街上看電影，不過，你該不會沒去看電影，而是跑到其他地方去了吧？」

「沒那回事。雖然我之前隱瞞帶女人的事，可是我帶她進入甲府的電影院是千真萬確的。你為什麼要問我有沒有去其他地方？」

「因為濱口久子的屍體，就在甲府附近。」

高橋專務董事沉默了。他的沉默，大概是在謹慎斟酌如果說出太多事情，不知道會在哪裡被抓到語病，又會引起警方怎麼樣的疑心。

關於高橋專務董事是否殺害濱口久子，搜查員大抵開始認為他應該是清白的，不過還是在最後問道：

「即使不知道名字，你完全沒注意到有一個奇怪的女人尾隨自己嗎？」

「是的，直到我身邊的女人說隱約注意到她，我才發現。」

「你……」

主管警官的目光，落在永福信用調查所寄來的濱口久子的「調查報告」上。

「在X日，這天是星期五，你過了下午五點就離開公司，進入目黑的M料亭嘛？」

「是的，如你所說。」

高橋專務董事雖然這麼回答，但還是有點驚訝。

「你在過了九點時離開那裡，回到家中……」

「那天晚上，我和因公從大阪來東京出差的客戶吃飯。」

「原來如此……X日，這天是星期六，你下午五點二十分下班，去了四谷，走進一家咖啡店，叫載你過去的公司車回去。三十分鐘之後，你喜歡的女性員工走進去，你們在那裡聊了十分鐘，走到店外，攔了計程車到琦玉的大宮那裡，然後在大宮公園附近的一家旅館過了三個小時，是嗎？」

於是，高橋專務董事的臉變得通紅。

「請等一下。那是X日嘛？星期六？」

他反問。

「是的。」

「不，那一天，我沒去那種地方。」

「……」

「X日的星期六，我記得很清楚，那天晚上，我和客戶那邊的年輕職員約好要打麻將，在丸之內一家我常去的麻將館裡打牌打到十一點左右，根本不可能去琦玉的大宮那種地方。」

「你會不會記錯了？」

「絕對不會……這就是那位跟蹤我的濱口久子小姐所做的調查嗎？」

主管警官沒有回答，也沒否認。

「只要去麻將館查一查就會知道了，根本不可能去大宮那種地方。」

高橋專務董事的話似乎所言不假。這種事只要再去求證就能分曉，如果事情真如專務董事所主張的，那麼就是久子沒有將事實寫在報告書上。

搜查本部再度派搜查員到東京出差，前往永福信用調查所。那幢像小型西式洋房的建築物，位在九段[4]裡沿著斜坡的街區內，有一個非常大的招牌。

內部有三名員工正坐在桌前辦公。

「所長現在有事外出，不在公司，我想他會很晚才回來。」

出來會面的年長員工說。

「那很傷腦筋耶。其實呢……」

搜查員拜託他的事，是關於濱口久子所報告的高橋專務董事的品行調查，不知還有沒有其他部分寫成濱口久子的備忘筆記遺留下來。

4：東京都千代田區的地名。

「所長用快遞寄了一部分給我們，如果還有的話，希望能讓我們看一看。」

「這樣啊。如您所知，那種文件，是絕對要對外部人員極度保密的……請等一下。如果有的話，可以讓警方看看。」

搜查員在另外的會客室等了十分鐘，年長員工的職銜是檔案管理主任，不久後他將一份薄薄的卷宗放在搜查員面前。

「所長報告的果然只是一部分。另外還有這個。」

翻開那個卷宗，內容與所長寄去的跟蹤報告大同小異。高橋專務董事與情婦在什麼地方幽會，每次的日期、時間、地點、行動都詳細記錄下來。

「這是備忘筆記，要向委託人報告的時候，會整理並打字再送過去。」

檔案管理主任如此說明。

搜查員知道濱口久子的跟監連續進行五天，也就是星期二三四五六，這之中，所長只謄寫了星期五與六的部分，送到搜查本部。搜查員把那些記錄全部抄下來。

他隨後到田村町的光輪建設總公司，拜訪高橋專務董事。

專務董事請他到會客室。

「十分抱歉，最近給您添了許多麻煩。」

搜查員低頭鞠躬，

「我帶了跟蹤您的濱口久子的報告書手抄本過來。因為雖然您星期六在東京，但報告書上寫您去了琦玉的大宮，因此，想請您姑且過目，看看其他三天的報告中，是否也有那樣的錯誤。」

因為自己的情事都被一一跟監，高橋專務董事露出十分不悅的表情。然而事關命案，似乎還差點被當成嫌犯，所以專務董事還是看了搜查員帶來的手抄本。

「喔。」

他自己發出感嘆聲，

「還真不能做壞事吶，居然調查得這麼詳細。」

他一臉驚愕。

可是，他抗議說：

「這個星期三，寫著我和女人一起到大宮去，這是不可能的。」

「寫錯了嗎？」

「寫錯也該有個限度。這簡直是胡說八道。那天我因為千葉那裡有公司的工程，我在那裡監督了一整天，所以那個晚上我住在千葉市內的旅館。我可以告訴你旅館的名字。」

專務董事告知細節。

「原來如此。」

搜查員直覺認為專務董事沒有撒謊。

「為何濱口久子要寫下假的報告呢？」

「我才想問那個問題。」專務董事生氣地說。

「私家偵探社或信用調查所的報告有多麼胡說八道，從這裡就能看得出來了。多半是為了討好委託人，才寫下這些揑造的事，好拿到許多報酬吧！」

「若真是如此，那實在過分。」搜查員也附和說。

但是，他無法相信有這種事。因調查員的不同，有時會無法查明事實，有時會有調查不足的情況，但為了討好委託人而揑造，實在無法想像。

那麼，為何濱口久子要造假呢？

搜查員認為，這該不會是因為濱口久子偷懶，明明實際上沒有跟監，卻要讓人以為她有跟監吧？

如此想了之後再仔細看看，高橋專務董事說與事實不符的那幾天，報告書上寫的都是高橋與情婦去旅館，或是去飯店，或是去大宮，這些煞有其事的報告，完全就像是從兩人的關係想像出來的。

高橋專務董事仍一臉不安地將搜查員送到玄關。搜查員離開那家公司時，看了有許多員工正在工作的辦公室一眼，他覺得為了陷害這位專務董事而委託調查品行的S先生，似乎就在在辦公室後面。搜查員再度回到富士見町。

「不好意思，在您忙碌的時候再三打擾。」

搜查員再度向檔案管理主任致歉。

「關於濱口久子小姐，我還有一些事想請教……」

濱口久子對工作很熱心嗎？搜查員如此問道。

「那是有目共睹的。沒有人像她那麼能幹。」

對方回答。

「她沒有像是男朋友的對象嗎？」

這件事搜查本部也調查過了，已經知道沒有那樣的人存在，但搜查員裝作不知道，又確認了一次。

「沒有，她非常嚴肅喔。」

「她不會因為偷懶而沒有實際跟監，卻在報告書上寫得像是有跟監一樣吧？」

「那是不可能的。」

檔案管理主任臉色一沉。

「敝公司在那方面做得很確實，甚至到了過份堅持的程度，所以才獲得委託人的信任，並得到他們的感謝。因為敝公司的調查員皆十分誠心誠意地執行受託任務。濱口也是其中之一。」

這麼一來，她在高橋的跟監中摻雜謊言又是怎麼回事？然而，這個疑問就算對檔案管理主任說也是徒勞，如果所長在，就能詢問他的意見，但他不巧因公外出了。

「換句話說，遇害的濱口小姐很熱衷工作，素行也良好囉？」

「是的、是的，所以濱口在甲府遇害令人無法理解。」

「她會去甲府，是為了跟蹤高橋專務董事……」

「是的。她還因此在十五日預支旅費。」

「讓女性一人單獨去就錯了。雖然現在說已經無濟於事，不過如果有另一人跟去，就不會發生那樣的意外了吧。」

「這一點，所長和我們也覺得有責任。雖然以往也曾經派女性一人單獨到相當遠的地方，不過不能因為都沒有發生意外，所以就放心了哪！」

對方如此說了之後，問道：

「刑警先生，你去調查過高橋這個人了嗎？」

他似乎也懷疑，殺害濱口久子的人是否就是她跟監的對象高橋專務董事。

「當然，我也問了高橋先生許多問題，至於他如何回答，因為與搜查內容有關，請恕我無可奉告，但總之，他主張自己與濱口小姐之間沒有任何關係。」

「一開始沒有關係，這我也知道。」

對方點頭。

「可是，那是在一開始，如果濱口的跟監被對方察覺，我想，對方不會拉攏她或威脅她嗎？因為那種情況時常發生。雖然最厲害的跟監是不被對方察覺，不過也會有被發現的時候，在那種情況下，對方常常會採取那種態度。」

「原來如此。」

但是，從高橋的樣子和口吻來看，搜查員認為事實上並非如此。首先，他甚至在搜查員說了之後，才首次知道自己受到跟監並大吃一驚。

搜查員道謝起身，要走出玄關時，忽然想起一件事，他急忙轉向檔案管理主任。

「對了，有件事想請教一下：高橋專務董事去甲府的湯村溫泉旅行，這是她查到的消息嗎？」

他問。

「不，那個啊，雖然也算是她查到的，不過在接受對方委託時，從起初就會注意那些事。也就是說，高橋先生一個月會去甲府出差一次，因為某公司將山梨縣的土地建設委託給光輪建設，在那個工程完成之前，他都會持續出差。」

「這樣啊。」

搜查員首次認同了旅館方面說高橋每個月會去湯村溫泉一次的證詞。事實上，那一點也是他剛才忽然興起的疑問。

「就你所知，調查員負責的案件，會有一人負責好幾件的情況嗎？」

「不，幾乎沒有。在負責調查的案子結束之前，不會同時進行其他案件。若非如此，在調查上無論如何都會有所疏忽。最重要的是，因為這是秘密調查別人的行動，自始至終都得監視著對方才行。」

「說的也是。」

搜查員自己做的也是相同職業，因此十分明白這個道理。

「負責的工作，都是所長指派的嗎？」

「是的。」

「可是，也會有委託人來了，所長卻不在的時候吧？」

「是有過，如果所長太久沒回來，就會由我分派。」

搜查員一臉憂鬱的表情，走向飯田橋站。

7

山宮命案搜查本部的搜查員，在神田站下車。

一到協成貨運，車庫裡停了兩、三輛貨車，像是駕駛的人正為一輛貨車進行保養。

搜查員走近駕駛後，一名其貌不揚的中年男子手持黑皮包迎面走來。

他用懷疑的眼光看著要走向車庫的搜查員。

「請問，」中年男子出聲叫住，並盤問搜查員。「有什麼事嗎？」

「你好，請問你是這間公司的人嗎？」

對搜查員來說，只要是這間公司的人，不管是誰都好。他馬上出示證明身份的黑皮手冊。

「啊，是這樣啊。」

中年男子忽然變得客氣。

「我是這間公司總務課的車輛股長高田京太郎。」

高田鞠躬並自我介紹。

「啊，這樣啊，其實，我是來找駕駛佐佐先生的，請問他現在在嗎？」

對方既然是車輛股主管，搜查員心想自己剛好遇上合適的人。

「佐佐今天沒有排班……有事嗎？」

「是的，關於這次的案子，還有些事想再請教他。請問佐佐先生住在哪裡？」

「佐佐的話，他剛好沒事在這附近的廉價公寓閒晃，我也碰巧順路，我就帶你去吧。」

「那就太謝謝了。」

搜查員與高田京太郎一同走在小巷中。

「山宮命案的兇手，還沒找到嗎？」

高田興味盎然地問。

「是的。不過，搜查也逐漸縮小範圍，不用多久目標就會出現了吧。」

搜查員說著無關緊要的事。

「希望務必如此。因為山宮是個好人。」

「原來如此，你應該知道每位駕駛的性格吧？山宮先生的事情，之前搜查時我大略聽過了，他是個很善良的人嗎？」

「雖然他還年輕，但我覺得他沒有學壞，有一點愛漂亮，是個性很好的人。那小子為何會被殺，我完全想不到原因。」

「當時同在貨車上的佐佐先生，是怎麼樣的人呢？」

「佐佐大山宮一歲，哎，要說的話，佐佐就老油條得多了，不但會喝酒、會賭博，好像還會跟新宿那邊的應召女郎玩樂。如果被殺的是佐佐而非山宮，總覺得比較能夠理解。」

「若是那樣，佐佐先生應該常常缺錢用吧？」

「他缺錢缺得可嚴重了。老是預支薪水，月底的薪水袋裡總是只有帳單。可是他是個本性樂天的傢伙，所以看起來不以為苦，工作時還會哼歌。」

就在如此交談時，車輛股長高田指向一幢兩層樓建築說：「啊，就是這裡。」

「謝謝你。」

「如果你見到佐佐，請不要把我剛才說的話告訴他。」

「那是當然，我不會說出去。謝謝你。」

高田京太郎一邊回頭看搜查員，一邊彎著腰走向對面。

那間公寓是木造的廉價公寓，灰泥外牆到處剝落，露出打底的木板。一走進裡面，燉煮食物的醬油臭味就從兩側飄來。

佐佐行雄正以大字形睡在骯髒的房間裡。

「嗨，不好意思吵醒你。」

搜查員對揉著眼睛坐起來的佐佐笑說：

「我是警察。」

佐佐看到證明身份的手冊，不情願地拿出座墊給搜查員，接著把當成煙灰缸用的罐頭空罐拿過來。

「今晚我有值班，我想得趁現在趕快睡一覺，所以才躺著。」

「那還真是不好意思，打擾你寶貴的時間了。我馬上就離開，只有些簡短的問題想請教。」

「是山宮的事嗎？」

「是的。」

「那傢伙的事，之前我已經在搜查本部說過很多了啊。」

他板著一張臉，彷彿在說事到如今還有什麼好問的。

「那天晚上你和山宮先生搭擋前往現場的經過，能不能再說一次呢？從上了貨車之後開始說就行了。」

「沒什麼大不了的。」

佐佐說著，點燃吸到剩半截的短香菸。

「離開總公司之後，我們就只有在甲州街道上直奔前行，和在甲府的轉運站卸貨之類的而已，途中的閒聊也無關緊要，沒什麼特別值得一提的事。還有，那時候山宮的樣子也沒什麼奇怪的地方，我之前應該都已經對警方說過了。」

大概是起床氣的緣故，佐佐不高興地抽著菸。

「原來如此，這麼說的話……」

搜查員看著手冊上的筆記問道：

「從這個神田總公司出發時，是由山宮先生開車，你坐在副駕駛座嘛？然後，大約過了一個小時後你們交換駕駛。」

「是的。」

「我在本部聽你說的時候，好像忘記你們是在哪裡交換的，第一次交換駕駛的地點是哪裡？」

「山宮開到八王子，之後到大月是我來開。」

「在八王子交換的時候，沒有在餐飲店之類的地方休息嗎？」

「沒有。」

「然後，你開到大月之前，中間完全沒有停下來過嗎？」

「是的……不，在路上的時候，山宮說他總覺得後面的貨物有點怪怪的，所以下車檢查了五分鐘。」

「喔？那是在哪裡？」

「我想是在與瀨再過去一點。那裡很荒涼。我說我也一起下車好了，但山宮說他一個人就行，就自己去檢查了。」

「後來呢？」

「他很快回到副駕駛座，說好像繩子有點鬆脫，不過開到甲府應該沒問題，所以我就繼續開車了。」

「那，在大月呢？」

「從大月開始，我和山宮交換了。」

「在大月的時候，你沒下車去看繩索鬆脫的狀況嗎？」

「我想去看的時候，山宮就說沒問題、沒問題啦，所以我就放著沒去管。之後我稍微睡了一下，在到甲府前方的一個叫石和的地方之前，我都在睡覺。」

「那，在那個甲府轉運站下車的時候，因為要卸貨，所以應該是兩人一起做吧？繩索的鬆脫狀況怎麼樣呢？」

「好像沒什麼變化。不過，因為山宮很快就鬆開一條繩子，所以我也不太清楚。」

「從大月到進入甲府之前，沒有任何異狀嗎？」

「這麼說來，在石和時山宮曾經稍微停一下車，我就是因為那樣才醒來的。」

佐佐像是在回憶似地，持續朝天花板吐煙。

「他為什麼停車？」

「他說引擎的狀況有點糟，然後從駕駛座下車到前面查看。不過，他走回來時喃喃說沒什麼大問題，又再度握住方向盤開車了。」

「這麼說來，當時也停了五分鐘而已嗎？」

「是吧？我想差不多是那樣。」

「從甲府開始，就是你開車了吧？」

「是的。因為我們總是經過韮崎，在通往富士見的上坡路前的ＸＸ村休息一下，已經是我們的習慣了。」

「那時候，你們兩人一起下了貨車，走進那家茶店，點了豆皮壽司嘛？然後，在你顧著和其他公司的駕駛聊天時，山宮先生就不見了，對吧？」

「沒錯沒錯。我以為那傢伙可能是到附近小便，所以沒在意。後來因為他遲遲沒回來，這次我想到之前繩索的事，想說他大概又去檢查了……過一會兒，因為不管我怎麼等他都沒回來，才引起騷動。」

「原來如此。你說路上你曾和山宮先生聊天，有沒有談到他被誰怨恨，或是現在和誰不合嗎？」

「那一點警方也問了好幾遍，不過我都沒聽說。」

「山宮先生很強壯嗎？」

「哎，因為是幹這行的，自然很有力氣啊，應該比一般坐辦公室工作的人要有力氣吧？」

佐佐摸著自己的手臂說道。他的肩膀筋肉很結實。

「對了，山宮先生的駕駛技術很可靠嗎？」

搜查員忽然話鋒一轉，這樣問道。

「那倒沒錯。說不定比我還行。」

「那樣的話，他應該也很少發生意外吧？」

「沒發生過喔，我的話就常常發生，因為附近警察取締違規變得非常嚴格，罰金那種東西，我們這種低薪可受不了啊。」

「哎呀哎呀，那還真是糟糕。」

「不過，山宮也畢竟是人。」

佐佐像是要挽回自己名譽似地說：

「在不久之前，他發生了一件很嚴重的車禍喔。」

「喔？」

「他開進一條從甲州街道分岔出去的路，開著貨車衝進別人家的大門和玄關前，把房子撞得一團糟。」

「那還真慘。發生什麼事了嗎？」

「據說是開車打瞌睡，路面又結冰，他要煞車時打滑，就發生那個車禍了。那種事很罕見。不過那也以和解收場了。」

「如果是打瞌睡，多半是白天玩太久了吧？」

搜查員感到惋惜，偏離了問題的重點。

山宮命案的搜查員離開佐佐行雄的公寓。他從佐佐的話中找不出特別的地方，幾乎和佐佐以關係人身份傳喚到搜查本部時的供述無異。

不過，若要說到令人耳目一新的部分，就是從神田的總公司到甲府之間他們交換駕駛，尤其是山宮注意到後面車斗的繩索，因為這件事，他獨自下車到黑暗的地面檢查。

還有，在將要進入甲府之前曾暫時停車，說是引擎狀況不好而下車查看。這時也是輪到山宮開車。

然而，搜查員不認為這有其他涵意。甲州街道過了與瀨之後，由於路面尚未鋪好，道路狀況很差，因此車斗繩索有可能因此鬆開。

注意到引擎的情況有點糟而花點時間檢查，這也是時常發生的事，並非特別不可思議。特別是山宮是在過了韮崎之後才遇害，所以在那之前應該是沒問題。

搜查員離開神田熱鬧的街上，因為有點累了，於是走進咖啡店。

那家咖啡店人潮很多，搜查員放空頭腦看著收銀機旁的電話前面，有一名穿著大紅色大衣的年輕女子正在講長時間的電話，等到那通電話終於講完了，像是一直等著似地，一名男子出現在電話前，他拿起話筒撥轉盤。搜查員看到那名男子的側臉，內心感到疑惑。

那是甲府警署的刑警，因為在同一個地區，所以認得出他的長相。此時，負責駕駛員命案的刑警想起來了，甲府警署轄區內也發生命案，而且遇害推定時日與自己手上的案件在同一天，不過，甲府警署的案子是在和田隘口發現年輕女性的屍體，有一點色情的味道。

他要打電話去哪裡呢？等對方打完電話，搜查員想和他稍微聊一聊，畢竟對方也一樣來到東京這麼遠的地方。自己的工作沒有進展，現在也很閒。

甲府警署的刑警其實是打電話給永福信用調查所。

「請問你們所長現在因公外出去哪裡？」

甲府警署的搜查員今天也毫無斬獲，在進入這家咖啡店後，才決定這次想直接詢問所長。如果所長要到傍晚才回去，他也可以再去一次。

今天見到的檔案管理主任雖說是所長的代理人，不過如果只有他的話，還是靠不住。沒見到負責人，總覺得會有所疏漏。說不定可以從所長那裡聽到不同的話。

「真不巧，」接電話的是先前的男子，他回答說：

「所長為了負責某起案件，到箱根去了。」

「喔？所長自己也會跟監嗎？」

「正如我之前向您說明的，如果事情變得嚴重，所長再怎麼樣也不能坐視不管。而且之前的常客也無論如何都指名要所長負責。」

「原來如此……既然是箱根，表示會在飯店或某處監視嗎？」

「嗯，就是如此。」

對方含糊其詞。

「今晚不會回來嗎？」

「今晚沒辦法吧。明天我就不知道了，畢竟這種事情都要看對方的狀況。」

「原來如此。那所長是什麼時候出發的呢？」

「昨天就去了。在那之前，因為你們叫他過去而無法工作，所以中斷了。」

「中斷？那麼，現在的委託案件，在那之前就已經進行了嗎？」

「是的。」

「也就是說，你們女性所員濱口久子遇害的時候，所長也在箱根出差嗎？」

「是的，不過當時是當天來回，現在事態好像變嚴重了，所以才投宿在箱根某家飯店。」

搜查員心想，如果明天所長確實會回到東京，那他今晚在東京住一晚也無妨。他向對方確認這件事，對方說無法給明確的回答。

搜查員雖然猶豫，不過他下決定後，說之後會再連絡，就掛了電話。

他一回到座位，就有個男子站在旁邊向他打招呼。是熟識的縣警刑警。

「嗨」，兩人笑著問候彼此。

「你怎麼也在這裡？」

「我到處走來走去，累死了。剛才我瞄到你在打電話。」

「真是巧遇。一起喝杯茶吧！」

兩名疲乏的刑警，總算在那裡恢復了精神。

8

「真是，大老遠揮汗來到東京，卻不怎麼順利。」

甲府刑警說。

「哎，這裡也是一樣啊。我們也陷入膠著狀態。」

縣警刑警也這麼回答。

「你認為怎麼樣呢？因為屍體發現的日期只差了一天，如果這兩起案件順利連結，那就有趣了。」

縣警刑警開玩笑地說。

「這個嘛，若是那樣，說不定可以一舉解決呢。」

甲府刑警回答。他從自己搜查的女信用調查員命案的條件中，沒有發現任何可以和駕駛員命案扯上關係的事。這兩起案件的搜查本部，本來就把這些當成完全不同的個別案件來看。

紅豆湯圓端上縣警刑警的桌子，甲府刑警笑了起來。

「咦？你是甜食黨嗎？」

「也不見得啦，因為今天一整天都到處跑，糖份不足，我想如果大口吃光這一碗，疲勞就會消除了。人到這把年紀了還吃紅豆湯圓，就完蛋了。」

甲府刑警也因此點了蜜紅豆水果涼粉之類的甜點，兩人相視大笑。

可是那笑容底下，有著讓人開朗不起來的擔憂。工作徒勞無功。這是出自陰鬱的笑容。

「我是這麼想的。」

縣警刑警說：「殺害駕駛員的兇手，也一併殺了你負責的那位女信用調查員。若是如此，或許我們雙方就能透過聯合搜查，進行得更有效率。」

「說的也是。如果事情那麼順利，就很方便了。」

但是，在截至目前的搜查中，兩起案件是完全平行的，這兩條線是否有交集的可能，這點早就不在考慮之中，不管再怎麼往下挖，案件也只會出現不同的性質。

「你要搭幾點的火車回去？」

甲府刑警一臉想結伴回去的表情。

「我想想，已經沒有要去調查的地方了，隨時都能回去，不過若太早回去被認為調查不力的話很吃虧。我想我會搭六點半左右出發的車吧？」

「喔，是準急[5]嘛？那我也搭那班好了。」

將近傍晚時分的斜陽，從咖啡店的窗戶射入日光，外面的街道上，悠閒的路人漫無目的地行走。不，說不定他們很忙，但映在兩名刑警眼中就是如此。

「那，你那裡的害者[6]，素行還好嗎？」

5：準急通常是比普通車稍快的車。
6：被害者，日本警方術語。

縣警刑警問道。這個問題，與其說是工作上的詢問，不如說已經等同於閒聊了。

「嗯，而且風評非常好。如你所知，因為是信用調查所，所以死者是在追查調查事項。她工作的努力程度，好像甚至不輸給男性員工。哎，我們這是第一次接到女性害者的命案，所以以為原因是情感糾葛，就追查這方面的線索，結果搞錯了。你那裡怎麼樣？」

「我的是個還很年輕的男性，他是深夜定期貨運的司機，所以認為是和駕駛同事之間的糾紛，可是完全找不到那方面的線索。要說的話，他本人的個性很溫和，也完全沒有其他的異性關係，他究竟為何被殺，我一點頭緒也沒有。」

「找到兇器了嗎？我記得推定是被像棍棒之類的東西毆打？」

「是啊，可是現場也沒找到，推測恐怕是兇手帶走了。」

「原來如此。」

在此之後，兩名刑警的話不由得變少了。他們已經厭倦了搜查的話題。

此時，甲府刑警看看手錶。

「啊，四點半了。我現在得向搜查本部報告我這裡的狀況才行，可是心情好沉重啊，什麼斬獲都沒有。」

「哎，我也一樣。我也要報告，這種場合真是討厭呢。」

縣警刑警當成自己的事一般同情地說。

——發生在山梨縣的兩起命案的搜查本部雖然分別各自努力著，但最後搜查仍沒有進展。經過大約三十五日後，終於解散本部。

甲府警署的署長出現在女信用調查員命案的搜查本部中，向全體搜查員說出慰勞的話。就連解散儀式也與順利揪出兇手時不同，因為陷入迷宮之中，所有人都像守靈一樣靜默不語，也沒人開心地飲用杯中酒和吃下酒的魷魚乾。

「儘管各位如此努力，卻仍是這種不幸的結果，實在令人遺憾。可是，雖然本部解散了，也並非代表今後的搜查全面中止，而是改成自行搜查，一旦發現有力線索，隨時都能再度展開行動。希望各位要振作起來，不要因為這個結果而灰心喪志。」

縣警那邊，刑事部長也去了搜查本部，並在這裡說出相同的訓示，但感覺起來，就只像是取代了守靈的誦經而已。

永福信用調查所的所長田中幸雄，正在處理每天的委託調查事項。

委託人一走進這間信用調查所，就要進入另外的房間等待，那是一間有別於會客室，會隔絕局外人的房間，也就是說，一般的客人會暫時先帶去會客室，當客人有特別忌諱隔牆有耳的事情時，就會來到這間房間。打個比方，這裡就像是教堂的懺悔室，也像是警方的偵訊室。

多數帶進這種地方的委託，幾乎很多都是關於丈夫偷腥的調查。其次是對於新員工的身家調查，這是有關係的公司要求的委託。偶爾也會有牽涉到財產爭奪的家庭事務。

現在出現在這裡的，是一位年約二十五、六歲的人妻，丈夫是某公司的副課長，出差次數增加而且外宿機會很多，這一點相當曖昧，所以妻子懷疑丈夫是否有別的女人。她要求對那一點進行調查，絮絮叨叨地不斷說這件事。

像這種調查事項，會由田中所長聽取大致內容，再分配給每個所員負責。話雖如此，因為他本身也會負責調查，所以他不在的時候，就會委託主任。

田中幸雄耗費在培育自己的信用調查所的時間大約有五、六年，他以前也是某家大型信用調查所的所員，之後才獨立門戶。現在這裡擁有八位男女所員，姑且算是成功，不過之前的女所員濱口久子因死亡而退出了。

田中幸雄現在一邊聽著副課長夫人囉嗦冗長的話，一邊想著濱口久子的事。

而且還有另一件相關的事。去年秋天山西省三的妻子勝子曾出現在這個房間，她鮮明的印象也同時浮現在他的腦海中。

山西勝子，是一名膚色雪白且豐腴的女子，真要說起來，她給人的印象相當性感。她就像現在正在說話的副課長夫人一樣訴說著丈夫的可疑之處，當時田中半開玩笑地笑著說：

「擁有像夫人這般的美女，尊夫還會偷腥嗎？」

擔任化纖公司監事的山西省三收入相當豐厚，因此勝子的生活並不操煩。省三很有本事，四十二歲就受拔擢為監事，勝子也說他在工作方面非常能幹。

關於丈夫的可疑行跡，勝子舉出了許多事實。這種事情都大同小異，每一位妻子所說的都一樣。簡單說，和現在正在田中面前說話的副課長之妻沒啥不同。然而，仍然有某種不同之處，那就是田中幸雄在眼前的婦人身上感受不到魅力，但他對山西勝子卻產生很濃厚的興趣。

根據勝子所言，丈夫省三一個月內會出差約一個星期，外宿則要視出差的距離，會住上三到四天。

她也因為擔心而曾若無其事地和丈夫公司的人接觸過，但總是無法掌握證據。她想不出其他辦法，於是跑來這裡求助。

「那還真令人擔心。」

田中幸雄同情地說。

「那麼，由於夫人應該也不希望別人知道，那就由我來處理吧。」

「哎，是這樣嗎？」

委託人露出了高興的表情。她的笑容有種無法言喻的性感。

「沒有比由負責人親自辦理更讓人放心的了。」

「大體說來，像這樣的事情，」

田中說到這裡，稍微用施以恩惠的語氣說：

「我會讓我們的年輕職員去做；儘管如此，因為我有全部的責任，所以還是會有效果。但是，恰巧現在我也剛結束一件棘手的案子，所以我就試著擔下這件事吧。對了，夫人的住處和我住的地方距離並不遠喔。」

「哎呀，請問您府上哪裡？」

「我住在中野的鳴子坂附近。」

「哎呀，那幾乎可說是我們的鄰居了。」

「因此，我想我們可以常常保持連繫。」

「費用要多少呢？」

這幾乎是所有女性最在意的地方。

「沒什麼，我不認為這種事會花很多錢。不過，尊夫出差的地方如果真的很遠，因為要悄悄跟過去，所以需要您支付往返的旅費。也就是說，實際開銷與我這裡的手續費，會明確清算給您過目，這點請您放心。」

「這樣啊。那麼，請您多多指教。」

第二天，田中幸雄便展開了他的行動。

山西省三所在的平和化纖雖然並不大，但田中得知那是一間還蠻充實的公司。山西就像她妻子所說的，因為是從職員拔擢成為監事的能幹人才，在公司內部的評價非常好。酒量可以喝到清酒五合[7]，學歷是T大畢業，出身自神奈川縣，老家是地方上的大財主。家中是三兄妹，一位哥哥與一位妹妹都有不錯的家庭。總之，山西省三的環境可說相當理想。

收入方面，因為是固定上班的重要幹部，所以只有薪水，不過期末的幹部津貼很多。另一方面，勝子一樣是神奈川縣人，出生於F市的商家。兩人是由戀愛發展後步入婚

7：一合約十分之一升或180ml。

姻，但膝下無子。她畢業於東京某知名私立女子大學。夫妻感情在公司的風評中是相當親密。

於是，對於最重要的山西省三出差一事，田中幸雄拋開做買賣的心態，熱心追查。

山西省三的情婦，是夜總會的女子。那家店是平和化纖接待客戶的地方，位在銀座的小巷子裡。

山西省三因為常在那裡接待客戶，因此和那名女子產生關係。可是在公司的人發現這層關係之前，山西省三就盡速將那名女子轉到別的店了。

山西把那名以往住在寒酸公寓的女子，接到位在麻布飯倉的高級公寓。那間公寓租金四萬圓，押金五十萬圓，價格貴得嚇人，但這些都由山西支付。

山西的出差有一半是真的，另一半是偽裝。他有時會帶那名女子前往出差地，有時則是在出差地點會合。這是田中幸雄查出女子的真實身份，試著去她工作的夜總會探查情況，確認了她休假的日子之後，才確定這一點。

外遇的女子年方二十三，田中把她的來歷全都調查了。

她出生於四國，高中肄業，長相並不好看，是田中幸雄之類的人完全不會感興趣的類型，只是年輕而已，甚至讓田中感到不可思議，為什麼山西省三會為這種女人著迷？

知道了這些事之後，田中幸雄便去見委託人勝子。

他在回事務所的路上順道過去，地點位在從甲州街道往南走的道路途中，儘管房子很舊，但不只有大門，房屋本身也很大。

田中幸雄會直接造訪那間房子，是因為他推斷那天家主省三不在家。

「哎，果然如此。」

在客廳與田中相對而坐的勝子歎了口氣，同時她的臉頰隱約透出潮紅，接著淚水滑落臉龐，哭了好一會兒。

這種場面田中幸雄也很熟。委託人也是被害人。他低下頭，等待勝子哭完。

「我該怎麼辦才好？」

勝子和他商量，淚水沾濕的眼眸反射出閃閃水光，她臉上的妝也被淚水洗去，田中幸雄反而覺得更性感。

山西勝子之後仍繼續委託調查。

然而，某天田中接到勝子打來的電話，說想和他見一面。他們約在附近的咖啡店，勝子這麼說：

「我把從你那裡聽來的事對外子說了，並質問他，然後，實在太厚顏無恥了，外子全盤否定。因此，我就去那個女人住的公寓看看。」

「喔，直接去找那個女人嗎？」

他問了之後，勝子搖了搖懦弱的臉。

「我還拿不出那種勇氣，而且，那個女人是賣笑的吧？總覺得我會說不過她，所以在公寓前面我就腿軟了。我非常怕那種女人。」

田中幸雄感覺得出勝子的良好家教。

「那，您把我這裡調查到的事，全部毫無隱瞞地向尊夫說了嗎？」

「不，那些我也沒說。」

「喔？為什麼？」

「因為，如果外子知道我委託像私家偵探的機構調查他的品行，我不知道他會大發脾氣到什麼地步，而且如果知道我徹底調查到那種程度，外子的態度說不定會突然變得強硬。我很怕會變成那樣。」

「這樣啊。」

田中幸雄苦笑。那樣的話，對丈夫的不端行為睜一隻眼閉一隻眼不就好了？不過這位女性也做不到那一點。

「外子對我很溫柔，可是因為我知道他的另一面，我馬上明白那是他的策略。我該如何是好？」

「這個嘛……總而言之，夫人您在這種心情之下，無法做出果斷的決定吧？首先，鼓起更多勇氣，試著進入那女人的公寓怎麼樣？」

「不可能、不可能。」

勝子的表情變得膽怯。

「我這樣子，就算去攤牌，也肯定會被對方駁倒。而且我也沒有證據，萬一她說我又不認識那個人，我就只能垂頭喪氣地離開了。」

「也就是說，您的弱點是在於沒有當場逮到哪……」

田中幸雄思考過後，

「對了。那麼，夫人，這麼做如何？這次尊夫會在出差地點和那個女人會合，到時我會跟蹤尊夫，等我知道他的投宿地之後，就立刻打電報給您。若您搭火車趕來，您能夠毅然決然地去嗎？」

「嗯。」

他的建議，讓山西勝子的心情動搖了。

田中幸雄抓住這個機會。在十一月底，勝子打電話過去說，外子明天開始會去大阪出差，可以請你調查是否屬實嗎？田中詢問了出發時間等資訊，決定跟監。

「不過，夫人，如果尊夫不是在大阪而是在其他地方，我會馬上用電話或電報向您連絡，到時請拿出勇氣來。」

田中幸雄如此激勵勝子。

9

田中幸雄從下午四點開始，在山西省三任職的平和化纖總公司附近監視。

四點半左右，山西省三從玄關走出來，他帶著一只手提包，攔下一輛經過路上的計程車。

田中也叫了一輛計程車，從後面追上去；載著山西的計程車直接開往新宿方向，此時他知道山西並非要去大阪出差。

田中尾隨在新宿車站前下車的山西，山西走去小田急的月台，搭上即將發車的列車。

山西省三站在車廂中央。田中以目光尋找山西的情婦，但沒發現像她的身影。車廂內擠滿了回家的通勤族。

怎麼可能，山西應該不可能會獨自前往……

田中幸雄一邊看著兩本買來的週刊雜誌，一邊毫不鬆懈地用眼角盯著山西省三的身影。山西正拉著吊環看晚報，直到發車，都沒有女人來到他身旁。就這樣過了成城學園站附近，就算過了多摩川的鐵橋，他還是獨自一人。

此時，乘客因每站停車而逐漸減少，原本擁擠的車廂變得相當空，年輕的女乘客也一目瞭然，但山西的情婦不在其中。田中之前在調查時就去過夜總會，暗中見過那名女子的臉，因此相當清楚她的長相。到了相模大野站時有大約一半的乘客下車，列車後面兩節車廂也分離了。

由於乘客愈少，田中就愈會碰上山西的視線，因此他姑且下車，進入後面的車廂。不過他是坐在前段邊緣，可越過玻璃窗看到山西的位置上，待的地方並沒有變。

他以為那個女人會為了謹慎起見而在相模大野一帶上車，但即使發車了，山西省三仍然孤零零地一人坐著。看這情況，他推測那女人可能在小田原或終點箱根湯本站等待。

小田原站什麼也沒發生，到了終點站湯本，田中才首度看到如他所預測的場面。佇立在月台上的，正是那名女子。今晚她穿著全黑的套裝，戴了一樣黑的帽子，體型嬌小。那名女子的眼睛很大，田中之前看到她的時候，就覺得她有種外國人的味道。

她的年紀和山西差了將近二十歲。當上重要幹部不但一償上班族的夙願，也會想做一些與身份相稱的外遇吧，這也是男人的虛榮。

田中以漠不關心的表情走過月台上的二人身旁，先走出剪票口，搭上一輛停在車站前的計程車。若不這麼做，對方搭上車之後就會沒轍了。

女子挽著山西省三的手，一面愉快地交談一面走下車站的階梯。在站前停車的司機把車開出來招攬他們上車，於是兩人就那樣坐進車內。

「司機先生，請追那輛車。」

雖然尾隨前方的計程車，但由於這一帶不只有計程車和包租車，私家車也接二連三奔馳著，因此跟蹤沒有被發現。當車燈照亮前方車子的後擋風玻璃時，女子正嬌媚地依偎著山西的肩膀。

從事這種調查品行的工作，大致上都會看到很多相同的場面，不可以每次都湧出感情，必須始終保持客觀冷靜。

車子開上宮之下的之字形坡道。照這樣開下去，會到強羅或小涌谷，再繼續往前，就會到元箱根。當然，對方也許會在中途下車，所以接下來仍舊不能大意。這條路上也有卡車經過，有時會妨礙跟蹤。

不過，最後進行得很順利，他清楚地看到前車停車的地方，是小涌谷的K飯店，那是五、六年前蓋好的豪華建築，建築物前方有個宏大的水池。

山西省三下車付錢後，帶著女子進入飯店玄關。田中幸雄立刻跟上去。

山西站在櫃台前對事務員說了些話，就開始在櫃台上登記。這時候，田中就站在兩人後面，這是因為他要確認他們住哪間房。事務員交給他們的鑰匙上有個很大的號碼牌，上面寫著５０３這組數字。他只要知道這個就行了。

兩人在門房的帶領下走向電梯。

「請問有什麼能為您服務的嗎？」

事務員的目光放在留下來的田中幸雄身上。

「……」

田中馬上編出一個亂講的名字，詢問說這位客人今晚應該是住在這裡，請問他來了嗎？事務員看了看登記簿，回答說：

「還沒，那位客人還沒到，也沒有預訂房間。」

「啊，是喔。」

他沒話可接了。

「現在還有空房間嗎？」

「是，畢竟現在是旺季，客人很多，但有一個取消訂房的房間，只是位置不太好。」

「那裡也行。」

那是二樓的邊間。總之在他叫山西的妻子過來之前，得設法待在這裡才行，就算從東京搭車趕來，也會花上足足三小時吧。這段時間裡，他也不能在外面閒晃，現在已經八點十分了。

原來如此，房間很小，視野也不佳。他馬上拿起電話，說了山西省三自家的電話號碼，接線生請他稍候，之後就聽到山西勝子的聲音。

「是夫人嗎？」

田中幸雄說道：

「尊夫現在正在箱根的Ｋ飯店，和女性一起投宿。我偷偷跟著他到這裡來了。您現在方便嗎？」

「……」

「喂喂？夫人，您怎麼了？」

因為另一端的聲音中斷了，田中幸雄又問了一次。山西的妻子，因他所報告的事實而驚慌失措。這也是田中幸雄在職業上常見的場面。在這種時候，用極為事務性的語氣陳述，最能穩住對方的心情，這是他的心得。

「若夫人要我一個人一直待在這裡，我會照做。可是，難得尊夫在這裡，夫人也可以立刻趕過來，直接看看那個女人的真面目，這樣不是比較好嗎？」

這次也沒有馬上收到回音，然而——

「我去。」

他聽到勝子簡潔激動的聲音。

「那麼我就等您過來。來這裡大約要花三小時，我會在K飯店外面散步等您……那麼，待會兒見。」

講完電話，田中鬆一口氣，慢慢抽起菸。

事實上，這種情況根據委託人的不同，會採取兩種方法，一個是全部委任於他的懦弱型；另一個是要馬上過去親眼確認，因此要他看守以免人跑了的強硬型。田中幸雄就是想誘使溫順的山西勝子採取後者的方法。因為他想在這裡見到勝子。

他慢慢吃著晚餐，儘管如此也還是多出很多時間。那通電話之後，勝子還要打扮一下才會叫車前來，因此她到達的時間會是三個小時之後吧？這麼一來，大約會是十一點左右。現在才快九點。

田中為了打發中間的時間而去地下室，因為他看過電梯旁邊的公布欄，知道地下室有遊樂場和小酒吧。

遊樂場大致備有投籃球、彈珠台與桌球等等設施，田中一一玩過，但都提不起勁，因為在等待對方過來，內心靜不下來。他束手無策，只好去小酒吧喝加冰威士忌。那時正在播放粗糙的外國觀光電影，他心不在焉地看著。

好不容易過了一個小時。他的腦海中，偶爾會浮現進入５０３號房的山西與那女子的身影，接著出現的是，不久後前來的勝子壓抑且性感的臉。

田中時而飲酒，時而去遊樂場玩，藉以打發時間時，終於到了十點四十分。他走出飯店玄關，站在噴水池旁，一邊閒逛一邊看著國道的方向，汽車大燈排成的隊伍正陸續前進。

之後大約等了二十分鐘，一輛車離開那條車燈隊伍，毫不停滯地開過來，停在凝視著它的田中面前。

山西勝子慌張下車。田中趕緊走近，心跳不已。

「是夫人嗎？」

山西勝子往上看了田中一眼，又悲傷似地垂下眼簾。

「您意下如何？我也知道尊夫入住的房間號碼。」

即使包租車離開了，勝子仍站在暗處。

儘管在這種狀況下，她仍慌忙更衣，並重新化了妝才來，那白皙豐滿的臉龐，在飯店前庭的日光燈下顯得蒼白。

「我還沒下定決心。」

勝子聲音顫抖地說：

「雖然我火速趕過來，可是，我還是沒辦法直接到外子帶著女人進入的房間去。田中先生，有沒有什麼方法能把外子叫到這裡來？」

「那樣最後就是徒勞無功吧。」

田中微笑著說：

「若從樓下打電話上去，尊夫馬上就會讓那個女人逃走喔。那樣一來，他就可以找很多藉口。因為會特地讓證據逃走，所以有點不太妥當。」

「是嗎？」

勝子還在猶豫。

「話說，在這種地方站著說話也不好，我們暫時到大廳冷靜一下吧。」

他邀請勝子進入飯店玄關。大廳位在離櫃台有些距離的角落，只有一對外國夫妻坐在那裡，其他位子都是空的，田中和勝子在角落一同坐下。

勝子淨是嘆氣。她的心跳肯定快到幾乎破裂——在這種場面，田中幸雄應該也要表現出專業的印象才對，但只有這次，他也被勝子的心情影響了。

「田中先生。」

她不知如何是好似地問道：

「外子住在這裡嗎？」

「那是當然的。」

對於她的遲疑，田中著急地說：

「您以為現在幾點了？已經十一點半了喔。」

「那個女人，果然是賣笑的嗎？」

「就是我向夫人您報告過的女人，是夜總會的女人。」

勝子又深深嘆氣。儘管她從家中飛奔而來，但好像開始對於前來此地感到後悔。

田中凝視著低頭掩面哭泣的勝子好一會兒。

山西勝子為何如此悲傷哭泣？是為丈夫正與情婦一同住在這棟建築物樓上感到悲傷嗎？還是哀嘆沒有勇氣踏入那個房間的自己？又或者，她說不定是悲痛命運的不幸。

田中靜靜吸著菸，等待勝子停止哭泣。

「田中先生，請你告訴我，我該怎麼做才好？」

她用手帕擦著鼻子問道。

「這個嘛，時間也晚了，乾脆就在這間飯店住下來怎麼樣？……然後，明天早上再等尊夫和他帶來的女人出來。若是那樣，比您去他的房間還要來得容易許多吧？而且休息一晚之後，您的心情也會比較平靜。」

勝子微微點頭。

「可是，這家飯店還有空房間嗎？」

「我先保留了一間。」

田中回答說：

「現在是我在使用，如果夫人要住的話，我會硬要他們再找其他房間給我。」

「這樣嗎……」

勝子好像也終於有這樣的意思了。田中的心情莫名高漲，走向櫃台。

「現在多出了一位女性，請問還有其他房間嗎？希望能接受我無理的要求。」

「這個嘛……」

一臉睏倦的事務員心不甘情不願地看著房間分配表，

「因為事出突然，若是員工夜間值班的房間，還能勉強騰出來。」

「值班的房間？」

「雖是值班房間，不過那裡現在是空的。儘管比一般客房簡陋，但床鋪那些都有。」

「請務必給我，拜託你了。」

田中回到勝子那裡。

「終於順利調到房間了。所以，就請夫人去住我的房間吧。」

勝子在田中的催促下走上樓梯，此時正好有一群喧鬧的晚歸外國客人，他們就和外國客人一起上樓。

田中和勝子一起進入房間後，她無力地坐在窗邊的椅子上嘆氣。看到她這模樣，田中拉開她前方的椅子坐下。

「夫人，您再怎麼想也無濟於事。今晚什麼都別想，睡一下吧。」

「不，實在是，」

她喘著氣說：

「我實在是沒那個心情。今晚我可能無法入睡，直到天亮。可是如果變成這樣，我就不該來這裡。田中先生，你常常調查其他案件，應該也曾遇過這種場面，這種時候，妻子都怎麼做呢？」

「做法很多，也有衝進那個房間，用繩子綁住丈夫和那女人的勇敢妻子喔。」

她嘆了口氣，

「我實在沒有那個勇氣，反而更痛苦，好像做壞事的人是我自己，變得想從外子眼前逃走。」

「不，您的心情我十分明白……可是，正因為夫人是如此溫柔，我很同情您。」

田中如此說了之後，靜靜地朝勝子的方向呼一口煙。

時間已經過了十二點，厚重的窗簾深深垂掛窗前。飯店內鴉雀無聲，整幢建築物完全進入沉睡。

勝子低著頭。她這姿勢令田中內心激動。她心中肯定塞滿了無可名狀的混亂，丈夫的情事，正在樓上的房間進行著；她所熟知的丈夫的身體，正伏在其他女人身上。然而，在田中幸雄的凝視中，她的亢奮正從那悲哀與混亂的深處悄悄抬頭。

他壓抑激動的胸口，從椅子上站起來。再這樣下去，他就不得不走向房間門口了。他按照自己所想的驅動雙腳，把手放在門把上，心中剎那間的迷惘如同風暴一般席捲而去。他沒有開門，手指按下門鎖。

門鎖發出喀嚓的聲音。山西勝子抬起頭，張大雙眼。

10

田中幸雄繼續回憶。彷彿發生在昨日，一切都是如此清晰。

那是發生在田中幸雄將山西勝子叫去箱根之後兩個月的事。

那個寒冷的日子，有一位委託人造訪永福信用調查所。田中幸雄看了事務員拿來的名片，臉上血色盡失，「平和化纖有限公司監事　山西省三」幾個鉛字刺入他的眼中。

田中幸雄感到一陣昏眩。他知道山西省三為何而來。田中閉上眼睛，思考接下來該以什麼態度與山西對決。

他在所長的椅子上動也不動地待了五分鐘，喝了口茶，勉強鎮定心情，然後走向山西省三所在的會客室，心情宛如要在驚濤駭浪中開船。

他一開門，山西省三熟悉的臉孔正面對他坐著，不過山西應該不認識他的長相，是田中單方面見過他；那張臉，田中在路上、車內、飯店門口，在各種地方偷偷看過，可是這還是第一次與他正面相對。

山西省三一看到田中走進來，就從椅子上站起來。田中很快地以手勢制止他。

「山西先生，這裡有點不好說話，我們去附近的咖啡店談吧。」

田中擔心如果山西省三在事務所裡大聲嚷嚷，自己會顏面掃地。不能被員工知道所長自己行為不端。而且，說不定會陷入得在這位山西面前跪地磕頭賠罪的窘境，他更不想讓下屬見到自己那般悽慘的模樣。

山西省三一瞬間露出訝異的表情，不過還是拿起旁邊的大衣。

田中與山西一起走出事務所。

外面正刮著冷冽的強風，可是沒穿大衣的田中全身發熱。

（山西發覺勝子和我的關係了。他一定是來大聲訓斥我的。我一直很謹慎小心，為什麼這個男的會知道呢？）

往前走著的山西說：

「天氣很冷呢。」

他向田中寒暄的聲音相當親切。

（山西會開出什麼條件呢？會要求賠償費嗎？還是要把我們的關係爆料給哪家週刊雜誌呢？如果他那麼做了，我至今好不容易建構起來的信用調查所的信用就蕩然無存了，安定的生活也會從徹底崩坍。而且，要是被人知道信用調查所的所長和女委託人發生關係，鐵定會成為世人的笑柄，以後我就沒臉走在路上了……可以的話，希望能和山西和解。）

田中幸雄帶山西走進一家平時不常光顧的咖啡店。慶幸的是，店內客人很少。即使如此，他還是預計山西會大聲說話，因此盡可能找了角落的座位。

「初次見面，您好。」

田中幸雄邊窺視山西的臉色邊說。他自己也覺得這個招呼語很怪。

他偷看山西的表情，心想山西臉上肯定會顯露怒氣，但頭髮稀薄的山西表情極為溫和。

那反而讓田中毛骨悚然。

「我就是遞出名片的山西……」

山西以有些不知如何是好的表情說：

「其實，我有一點事想拜託您。」

「是的。」

終於要來了。田中緊張起來。

「我有事想請貴所調查，請問可以立刻著手處理嗎？」

對方這麼說。

田中幸雄很慌張。這是什麼意思？山西不是因為知道我和他老婆的事情而前來興師問罪的嗎？

田中幸雄在內心放下心頭大石，同時也覺得自己剛才的狼狽樣很好笑。怪不得山西臉上不僅沒有怒意，還十分平靜。

田中現在也明白了，山西是為了委託調查而來，卻突然被帶到咖啡店，因此山西剛剛才會一臉驚訝。

「因為我還不習慣這種事，所以不知道該如何開口才好……」

山西支支吾吾地說。和之前在暗地裡看到帶著女人的山西截然不同，不是很有精神的樣子。

「請說，什麼都可以。」

田中總算能以平靜的心情來應對。可是，這次山西到底會說出什麼呢？這讓田中不由得又繃緊神經。

「說來實在丟臉，其實，我是希望貴所能調查內人的素行。」

山西目光往上看了田中的臉一眼，又馬上移下視線。

啊，田中心中這麼想。直到現在，他仍然深深戒備懷疑，認為山西其實什麼都知道，並且挖苦似地提出這種要求，但他看了山西的臉色後就不那麼想了。實際上，好像真如同山西所說，他是來委託調查妻子素行的。

明白這點之後，這次田中又產生另一種狼狽。像是要讓自己冷靜下來似地，他將正好送上桌的咖啡拿起來喝。

「事情是這樣子的，我總覺得，大約從兩個月前開始，內人的樣子就不對勁。就像名片上寫的，我在這樣一家公司裡上班，因此白天不在家，而且也經常出差。之前就算回到家中，也沒有注意到特別之處，不過最近內人的態度很怪，我不得不注意她。我總覺得內人暗地裡好像有男人……」

他的說法相當切實。

山西省三雖然覺得妻子有男人，但他說自己並沒有掌握證據。例如妻子之前認為自己在外面有女人，因為嫉妒而採取了激烈的態度，但最近她卻沒那麼做了，顯得相當平靜。

她的態度不像是放棄丈夫，看起來像是「就隨便你去做你的事吧，我也去做我自己的事」這個樣子。可說是漠不關心。因此他認為妻子發生了某事，態度才會如此驟變。

而且，妻子以前非常不喜歡自己出差，最近卻甚至表現得很歡迎，常常問他的預定計畫，他偶爾晚上早點回家時，有時妻子也不在家，由於她十點左右才回去，詢問之下，她說是朋友邀她去看電影，或是在別人家裡受到慰留。當他開始懷疑之後，發現除此之外還有很多可疑之處。

「哎，大致上就像這樣。」

山西省三擦了擦額頭滲出的薄汗。

「如果對這種事置之不理，說不定我會被世人狠狠嘲笑。而且如果內人有男人，很可能有一天會發生成為報導內容的意外。不過，因為我也擅自妄為，發生這種事也可說是無可奈何，但我畢竟身為一家之主，不能饒恕這種事。因此，要請您調查內人的素行。」

田中幸雄聽著他的話，覺得真是諷刺。他妻子的對象，剛好就坐在當事人眼前，而且，山西所說的勝子的可疑之處，每一件田中都記得。

最初的恐懼消失之後，他現在多少感到可笑。而且山西特地跑來自己這裡委託調查妻子的素行，也是因果循環。他不由得深切地體認到，世上的一切都有不可思議的線牽引著。

可是，問題在於是否要接受這個調查。山西省三雖然一臉困擾地靜靜啜飲咖啡，但他會坦白到這種程度，表示他也做出相當大的忍辱決心。

田中幸雄思考著是否要拒絕這個調查。不對，是不得不拒絕。再怎麼說，就只有這件案子無法承接。

然而田中注意到，若是那麼做，山西馬上就會去找其他的信用調查所或是私家偵探社。如果他去了其他信用調查所，對方就會徹底進行素行調查，這次田中幸雄自身的行動就會浮上檯面。要在這裡拒絕很簡單，卻會在下個階段產生新的恐懼。

田中很為難，但總之得阻止山西將這件案子交給其他信用調查所。

「我明白您所說的。」

田中對委託人說：

「若是這種事情，請讓我們火速為您調查。」

「這樣啊。我是第一次遇上這種事，被妻子背叛的丈夫來到貴所，這應該很少見吧？」

山西出人意表地說出懦弱的話。

「不會不會，也是有的喔。」

田中刻意露出笑容。

「最近和戰前不同，這種案子其實很多。哎，是戰後的風潮嗎？這一點日本也和美國並駕齊驅了呢。」

「是嗎？有那麼多嗎？」

山西省三的表情鬆了一口氣。知道有許多同病相憐的人，好像有點放心了。

「那麼，我該填寫什麼申請表格嗎？」

「這個嘛……」

要是知道是這種事，田中就不會特地帶山西來到這家咖啡店了，因為田中以為山西是要質問自己和他妻子之間的事，才刻意迴避事務所。因為他自己心裡有鬼，所以做了多餘的猜忌。

「那麼，我們暫且回事務所去吧，那裡有該填的文件。」

「好的，那麼……」

山西也溫順地站起來。

兩人再度走到室外，一路上山西說道：

「您果然能守住個人的秘密，這讓我相當贊賞，因為您還特地帶我去沒人的咖啡店，聽我說事情經過，您準備得真是周到。」

對於這點，田中也只能苦笑。

回到事務所，山西填寫制式文件的事項。

「對了，調查的費用怎麼算？」

山西問道。

「是的，首先，那分為實際開銷與調查費用。關於實際開銷，舉例來說，若尊夫人到遠方去，就是跟監者的旅費，有火車費、旅館費，若是在東京都內，就包含了計程車資之類的開支。而調查費用，會斟酌負責者的調查日數向您請款。至於兩者的詳細說明，會在提出調查報告書的同時呈送請款書，再請您根據請款書支付費用。」

田中事務性地陳述。

「我明白了……那，這項調查會由所長進行嗎？」

山西問道。

田中吃了一驚，但馬上就一臉若無其事地說：

「那一點就交給我們，畢竟我也有很多從之前就開始進行的案子，由誰負責調查您的案子，我無法現在告訴您。而且我們調查所也不是獨立作業，有時也會由所有人進行全面性的調查，所以關於那一點，希望您能交給我們。」

「我明白了。調查報告什麼時候會好？」

「這個嘛，這種事情，因為尊夫人不見得每天都會和外遇的男子見面，我想首先得先觀察大約一個月，才能明白狀況。」

「一個月啊。」

有點久，山西擺出彷彿這麼說的表情，不過最後還是同意並回去了。

田中幸雄事後做了許多考量。沒想到會這樣，他得親手為這個案子造假才行。不，雖然造假是沒關係，但就會有不自然之處，總覺得山西省三會看出真相。因為那是他的弱點。

最後，田中指派女職員濱口久子。濱口進入公司已經三年，她不是很優秀，但卻是孜孜不倦又認真做事的類型。那也是她的優點。

如果交給濱口，因為知道她的本事，田中也有十足的把握能夠順水推舟。而且，讓下屬調查自己的素行，也有一些刺激感。

「濱口。」

田中叫來久子。

「這裡有調查委託，妳能負責一項嗎？」

時至今日，當時的場面仍清楚浮現。遇害的濱口久子的臉。

濱口久子一臉遲鈍的表情，目光掃過山西省三所寫的委託事項。

「妳現在手頭有工作嗎？」

「有，不過再一下子就能解決了。」

「這樣啊。那這個就請妳馬上進行，因為委託人給的調查期限是大概一個月左右。」

「我明白了。那，委託人說了什麼嗎？」

於是，田中幸雄把從山西那裡聽來的話大略說了一遍。這並沒有隱瞞的必要，也就是說，那些資訊並不構成自己與勝子之間的阻礙。

「我明白了。」

濱口久子記錄之後一鞠躬，從田中面前退下。

「妳每五天要提出一次中間報告。」

田中盤算濱口的行動會從後天開始，那天晚上就把山西勝子叫出來。他們通常都以電話連絡。

他說：

「其實，今天發生了一件有趣的事喔。」

「尊夫到我這裡來，說要調查妳的行蹤。」

「咦？」

山西勝子的臉色一變。

「哎。不過，沒什麼好擔心的……我曾一度想拒絕，不過那樣一來，尊夫肯定會去找其他像是私家偵探社之類的，所以我就接下來了。調查員是女性。雖然認真過頭，卻是個遲鈍的女人，所以不會抓住我們的小辮子。」

「可是，以後就得小心才行了。」

她的嘴唇微微顫抖著說。

「雖然有充分警戒的必要，但畢竟是由我的職員來調查，所以我這裡也有不少對策。而且那位女性是會細心地尾隨在目標後面的個性，直覺並沒有很準，所以在中間報告出來之前，我們就別見面了，請妳也盡量待在家裡。」

可是，那樣是不可能滿足女人的。在起初的時候，兩人相當謹慎，但漸漸地嚴密的注意出現鬆懈。警戒心在田中和勝子高漲的感情之前落敗了。

然而，由於有濱口久子尾隨在後的目光，因此田中教勝子在前往會面場所之前，要在途中轉乘好幾次計程車，下車後也走小路，然後再攔計程車。

就這樣過了一個星期。

濱口久子去向田中進行中間報告。

「所長，關於山西省三先生委託的調查……」

「嗯？」

田中注視著久子的嘴巴，吞了一口唾液。

「那位夫人好像確實有情夫，可是她對跟蹤抱持警戒，十分謹慎地轉搭計程車去幽會。雖然很辛苦，不過昨晚我終於看到她要去的地點……」

「喔？」

田中幸雄的表情僵硬了。

11

濱口久子報告說，山西的妻子有情婦，而且她昨晚一路跟到了兩人見面的地點，田中幸雄因此吃了一驚。

「喔？那是哪裡？」

田中壓抑住內心的震撼，看著濱口的臉，她正專注在報告上，看起來沒有特別注意田中。

「那是位在本鄉那裡的G飯店。」

正如同她所說的，田中幸雄昨晚在那裡和山西勝子見面。

「然後呢？有看到那個男人嗎？」

他咕嘟嚥下口水後問道。

「沒有，不管我怎麼查都沒有發現。那個男人大概先到那裡等了吧？山西夫人進入之後，並沒有像是情夫的人出現。」

這一點也被她說中了。田中幸雄在四十分鐘之前，就先去那間飯店等待勝子。

「可是，妳一直在那裡監視吧？回家的時候怎麼樣呢？」

「回家時也只有夫人一人而已。那之後我又在那裡待了一個小時，但還是沒人出來。」

那是濱口久子的疏忽。自從讓她進行跟監，田中幽會時就很小心，所以在G飯店時，他讓勝子從大門走出去，自己則由後門離開。

「因為我都等了一個小時，夫人的情夫還是沒出來，所以我就直接走到飯店櫃台詢問。」

「喔？對方告訴妳了嗎？」

他又吃了一驚。

「我用了平時常講的藉口，就是說夫人是我的親戚，現在她有外遇讓人很困擾，幸好她丈夫還不知道，要是知道了應該會引起很大的騷動，所以我們想趁現在自己妥善處理，拜託請告訴我對方的身分。」

濱口久子一口氣說完。

「嗯，然後對方怎麼說？」

「起初不太願意，不過飯店的人相信我的說詞，最後終於告訴我那位男子的特徵。因為對方是第一次來，所以不太清楚他的身份，不過飯店的人如實告訴我那個人的長相……似乎是年齡大約四十五、六歲，長臉，身材很高，整體體格很結實的人。」

這番描述，簡直就是田中幸雄本人，不過濱口久子仍毫不遲疑地順暢說完，從她的樣子看來，她沒注意到現在正在眼前的田中就是當事人。田中暫時放了心。

真危險、真危險。被這種老實過頭的女人跟監，說不定哪天會露出馬腳。

「可是，怎麼說呢，因為我不認為那位夫人會獨自來到飯店，所以無論如何，總之是知道她有情夫了。今後妳也要繼續小心跟蹤她。」

田中刻意激勵她。可是若讓濱口久子只負責這件案子，她就會從早到晚都把目光放在勝子身邊。於是，田中剛好此時有其他案子——就讓她兼任光輪建設專務董事的行跡調查工作。這樣一來，因為濱口有兩件工作，她放在山西勝子身上的注意力就會移開一半。

「濱口。」

田中在那之後叫了她。

「山西先生那邊的調查，看樣子很單純，所以妳能不能再接另一個案子？」

「是的。是什麼呢……」

「這是專務董事的素行調查，不過和山西先生的情況不同，應該是公司內部勢力鬥爭吧？對我們來說，那種事誰贏都無所謂，只要確實處理委託人的調查事項就行了。怎麼樣？要接嗎？」

「可是，所長，山西先生那裡看起來好像很簡單，卻要費盡心力，那位夫人確實有情夫，但是他們行事十分小心，都沒留下線索。現在要進行兩個案子是不可能的。」

「是嗎？」

田中稍微思考一下。

「那，山西先生那裡我也多少幫忙一點好了。妳去忙光輪建設的案子時，就由我來處理山西先生的案子。」

「哎，是嗎？那真是幫了我大忙。」

濱口久子雖然那麼說，

「可是，我對山西先生很過意不去。即使妻子做出那種行為不端的事，但似乎她相好的男人相當巧妙地暗中操控，所以我想快點提交調查報告。所長，我也會接下剛才所說的光輪建設的案子，可是山西先生的案子請不要交給別人。」

「好，好。」

田中點頭。

「妳沒有告訴公司裡的人，妳正在負責調查山西先生的案子吧？」

「是的，沒有。」

永福信用調查所的制度，是所員彼此不能互相告知誰負責什麼案件，只有所長才知道全部的事。這是因為就算是所員也可能會涉及別人的秘密，所以禁止員工間的橫向連絡。

此外，雖然對所員說只會負責一件案子，不過讓濱口兼任是所長的特權。

這個制度，沒想到這次拯救了他的危機。

田中幸雄立刻打電話給山西勝子。

「事情就是這樣，之後在外頭見面會非常危險，我讓負責的調查員兼任其他案子，想分散一些注意力，但她本人的個性相當執著，因此不能說危機已解除……還是暫時小心一點，別見面了。」

勝子不贊同他的話。

「照你那樣說，我們就永遠不能見面了，根本沒完沒了。還是說，你要不要來我家？」

被丈夫拋棄的她，首次認識丈夫以外的男性，感情十分濃烈。

「那樣做更危險。」

勝子的大膽讓田中吃驚。

「不，並不會。其實，外子因為公司人事異動，更改了負責的職務內容，這次他真的變成要兼任大阪分行的經理了。之前外子把到大阪出差當成藉口，現在真的會變得很頻繁了。」

「原來如此。」

真是諷刺。

「因此，我會確實知道外子到大阪出差的日子。他若去大阪，就會在那裡待上三、四天，好像一個月會去兩次。」

「所以就是要我那時去妳家嗎？」

「那樣比較妥當吧。」

那次談過之後，田中幸雄就改為直接偷偷潛入山西勝子家中了。

在此說一下山西家的環境，附近是密集的小住宅，道路只有前方的一條馬路。這條路是由甲州街道分岔出來的。

田中要躲開濱口久子的監視，進入勝子家變得相當困難，不過因為他知道濱口久子的工作進行狀態，因此有隙可乘。只要把目標放在久子開始著手進行光輪建設的調查時就行了。不過，田中還是沒有堂而皇之地從正面進入。山西家裡有一名女傭，這名年約十八、九歲的胖少女因為勝子的安排，一到八點就會回到女傭房去。後門是狹窄的小巷，這裡窄到身材魁梧的男子得斜著身體才行。那條小巷的盡頭就是山西家後面的圍牆，沿著那道圍牆轉彎，就能從側邊的木門進出，木門的門栓已經由勝子從內側拿掉了。

房子和兩邊鄰居的圍牆相接，連一吋多餘的空間都沒有，因此就算濱口久子站在前方監視，若田中從狹窄的後巷過來，她也不可能看得到。現在濱口好像還沒發現那條位在後方的窄巷，不過因為她很有熱誠，說不定不久就會被她發現。

田中到勝子家見面之後，濱口久子第一次提出的中間報告上這麼寫著。

「山西勝子變得幾乎足不出戶。她終日待在家中，外出也只是購物的程度。但是以我的直覺，我不認為她和情夫分手了，她好像在某處與他持續幽會，不過因為調查尚未結束，現在還無法確認。我在週二、四、六下午一點到十點左右在山西家前監視，可是沒有線索。此外，我暗中打探附近的傳聞，完全沒有人注意到勝子的舉止。」

與山西省三約定好調查勝子的期限，已經過了大約二十天。

「所長，這次真的很棘手哪。」

濱口久子來到田中面前慨嘆。

「我認為那位夫人的確有情夫，可是怎麼也掌握不到線索。」

「哎，妳要有耐性一點。」

田中幸雄安慰她。

「著急也無濟於事，要抱著持久戰的打算去做。」

「關於這件案子，我有事想拜託您。山西先生的案子還沒有頭緒，約定的一個月就要結束了，我也坐立不安。因此，可以請您解除我接下的光輪建設的案子嗎？」

田中委婉拒絕了。

「哎，妳不用那麼著急啦，而且光輪建設那裡也很重要啊，雖然妳沒把負責的案子告訴公司裡的任何人，不過我告訴S主任妳只負責光輪建設而已。山西先生的案子是格外極度機密，所以也不能對S說。記住喔。所以妳就算沒有馬上提出實績也無妨，打長期戰就可以了，我還是希望妳能兩邊兼任。讓妳接光輪建設的案子，也是因為其實我不想讓大家知道山西先生的案子。妳如果手上沒有任何案子，被認為無所事事的話我會很困擾。」

「所長您的調查有一點進展嗎？」

「哎，雖然那時候我說了那種話，但我也沒什麼空閒，之前曾在山西家前站過兩三次，果然還是要交給妳才行。」

「這樣啊。」

濱口久子沉默了一會兒。

「所長，因為那位夫人完全沒有外出，所以我想她一定把情夫叫去家裡了。」

她這麼說。

「濱口也讓人傷腦筋。」

田中幸雄對山西勝子說。這時候他潛入她家，只有兩人在被褥裡。女傭早已回到樓下的傭人房；丈夫省三昨晚起就去關西出差，這次確實要三天才會回來。

「她盯著妳的方式，總覺得變得很執著。」

「那，我該怎麼辦才好？」

勝子把手放在男人的胸口，擔心似地蹙眉。

「雖然我覺得不要緊，可是照她那情況，之後就算過了一個月的期限，她也很可能會繼續在這一帶打轉。」

「都是山西委託你們做無聊的調查。」

「不需要那麼擔心。到時候，我會把那個女的從這個案子裡調走。過了一個月之後，我也會向山西先生報告說，尊夫人身上什麼都查不到。我會讓他完全接受。」

「那種結果，那個人真的會聽進去嗎？」

「我會先寫好一份巧妙的報告書。對了，昨天濱口久子來我這裡，說她因為怎麼都查不出夫人的情夫，所以想到一個方法。」

「什麼方法？」

「不知道。如果問太多，我怕她會看穿我的意圖，所以我只對她說，這樣啊，那一切就麻煩妳了。那憨直的女人也想不出什麼聰明的點子吧。」

就在第二天晚上，田中幸雄因為有其他工作忙到很晚，不過回家途中又順道去了勝子那裡，從那條得斜著身子才能通過的後方小巷進入屋內。晚上在過了十一點之後，附近都陷入沉睡，從傍晚開始下起了霰，這個晚上氣溫驟降，連地面都結冰了。

「好冷喔。明天山西先生就會從大阪回來了吧？」

「嗯，是啊。」

「因為說好的一個月期限也差不多快到了，明天他說不定會打電話去公司。」

「山西還沒放棄嗎？」

「不要緊，我會讓他放棄，不然要是他覺得我的調查沒有用，改去其他信用調查所的話，就傷腦筋了。」

他們在談這件事的時候，是凌晨零時二十分，因為田中有點想回家，拿起放在枕邊的手錶來看，所以很清楚時間。

就在此時，伴隨著一聲巨響，房子搖晃起來。田中立刻抱住旁邊的衣櫥。

勝子吃驚地跳起來。

——田中幸雄對於當時的事情依然歷歷在目。

在巨響之後，這次是其他吵雜聲包圍了這間屋子。透過下樓的勝子說話的聲音，田中知道是貨車撞壞了大門與玄關，於是他也不由得跑下樓梯。此時，被巨響嚇到的鄰居，已經從撞進來的貨車兩側窺探屋內狀況。

驚慌失措的田中上到二樓，卻馬上就後悔自己的行動。剛才明明沒人知道他在，卻由於一時不察飛奔出去，他覺得好像有兩、三名鄰居看到他的身影，而且他還衣衫不整，因為勝子穿走了他的睡衣。

田中慌張地想從二樓後面的窗戶移動到曬衣架再下來，可是他也從那裡看到附近鄰居徘徊的身影。

隨著時間經過，玄關前的群眾人數只會增加。田中幸雄在整整兩個小時裡，待在二樓動彈不得。

即使貨車離開之後，鄰居仍毫不客氣地窺視屋內。

「事情太不妙了。」

田中幸雄抱著頭說：

「這麼一來，我簡直像被關在這裡一樣了。剛才我到玄關去，我覺得好像被鄰居看到了。」

「你不要那麼在意嘛。」

處理了樓下的事故之後，好不容易上樓來的勝子說道：

「這附近愛看熱鬧的人很多，所以明明這麼冷，還是特地半夜爬起來看，不過已經不要緊了，人都走了。」

「為什麼貨車會衝進這種房子裡啊？」

田中為自己的霉運感到憤慨。

「好像是開車時打瞌睡，開錯了路，慌張地想踩煞車時，因為路面結冰打滑，就衝進這裡來了。是個還很年輕的駕駛，他不斷鞠躬道歉，說不久後公司會派人來賠禮。」

「這樣啊。真是個沒辦法的駕駛。深夜的貨車，就是因為要駕駛在相當無理的條件下工作，才會發生這種意外。」

田中對勝子說，之後的賠償還是別太堅持比較好吧，因為若發生問題，對方可能會進行調查，說不準什麼時候這邊會出現破綻，因此在適當的時機結束較好。

他倉皇地逃出山西家，不過那天早上他天亮之後去上班，濱口久子用帶著困倦的眼神走進來。

「所長，請解除我對山西先生的調查案。」

她鄭重其事地說。

「喔？怎麼了嗎？」

「山西先生的案子我不想做了，請讓我只做光輪建設的就好。」

濱口久子低下頭繃著臉說。

12

因為濱口久子說出她想解除調查山西夫人的工作，田中幸雄嚇了一跳，不過他還是一臉若無其事地詢問她的理由。

「傷腦筋，光只是不想做山西先生的案子，這不構成理由。那光輪建設那裡也拜託妳了。不過，只追一件案子，這不像妳啊，因為妳一直都是一個很努力勤奮的人，妳還有其他理由嗎？」

雖然田中以負責人的口吻說話，但內心惶惶。

濱口久子想解除對山西夫人的調查，他憑直覺嗅出背後另有隱情。

或許她知道勝子的對象就是我，所以才說出想解除任務——

她仍低頭閉眼，咬住嘴唇邊緣，臉上的血色也褪了，臉頰好像也微微顫抖。這是由於緊張的緣故吧。

「嗯？怎麼了？」

田中刻意催促沒有回答的她。

田中心中某處也認為或許是自己猜錯了，因為碰上的是那麼謹慎小心的勝子，這個女人不可能會知道，他心中也殘留了一些如此自負。總之，他想從她的回答中，刺探出更確切的答案。當然，除此之外他也是要以所長的樣子裝腔作勢。

「我無法說明理由。因為某件事情，我明白我無論如何也無法勝任山西夫人的案子……對不起。」

她低垂的眼瞼緣端輕微痙攣。她似乎承受了十分嚴重的衝擊。

從她的表情，田中幸雄清楚地感覺到，濱口久子早已掌握住他的弱點。可是，她究竟是如何得知的？

短暫的沉默在兩人之間流轉。

「這樣啊……硬逼妳去做不想做的事也不好，那就讓其他人代替妳吧。」

「十分抱歉。」

久子微微鞠躬。

「那麼，就照妳所希望的，妳就只做光輪建設的案子就好。辛苦妳了。」

「請問……」

久子首次抬起刺眼的眼神看他。

「關於山西先生的報告，我要把之前的匯整起來，先大致提交嗎？」

通常不會重新詢問這個問題，也就是說，她會問如此顯而易見的事，是因為她考慮到事情與眼前的當事人有關。換言之，就是她顧慮到田中。

「那是當然的。」

田中冷淡地說：

「因為我要根據妳所提出的過往報告，把工作交給之後的人接手。」

「是的。」

久子的眼睛再度朝向下方，

「說了如此任性的話，十分抱歉。」

她低著頭從田中面前退開。目送她以那總覺得很僵硬的走路方式離開後，田中接連抽了兩、三根菸。

直到現在，田中仍記得那時的情景……明亮的陽光從旁邊的窗戶照射進來，小小的灰塵在光線中飛舞，看起來彷彿無數個黴菌。所長的辦公室，是這棟建築物裡最明亮的地方。

——那個笨女人，到底是在哪裡發現我的？

田中幸雄宛如探討作戰分歧的軍官，或是像敗陣的棋士再度將棋子重新擺在棋盤上，試著從各方面思考自己的行動。因為自己掌握了濱口久子的跟監與埋伏，所以她的一切作為應該都失敗了。到底是哪裡疏忽了呢？

他忽然靈光乍現時，手中的第三根菸已經燒了一半。

是車禍——貨車衝撞進去的那件車禍。

（當時聽到勝子的聲音，我毫不猶豫就跳起來下樓去了，雖然看到貨車的龐大車體卡在玄關那裡讓我嚇一大跳，不過之後我馬上看到鄰居的身影，就匆匆忙忙跑回二樓了。那之後，就算從後面逃走，也好像會被受到這個深夜裡不尋常的聲音驚嚇的鄰居看到，因此在二樓躲了兩個多小時。

發生車禍的時候，久子也在前面埋伏，她是不是看到我了？不，肯定看到了。）

他覺得貨車衝進去的時機真是太糟了。

恐怕濱口久子知道從二樓往下跑的男子就是還穿著睡衣的田中所長，肯定受到很大的衝擊，那應該也是她想辭退調查的理由。

（那是當然的，被委託調查的妻子不軌的對象，就是叫自己調查的信用調查所所長，她一定很疑惑。）

田中幸雄這次想像著，從她的眼中所看到的自己有失體統的滑稽模樣。由於田中穿的是勝子拿給他的丈夫的睡衣，這點無法辯解。如果是外出服的話，就能找藉口說自己也是為了調查而來詢問狀況，可是穿那個樣子，怎麼也無法強辯。

那個白癡駕駛，他咒罵貨車。就因為那傢伙的爛開車技術，害他遇上天大的麻煩。他會對勝子說，不要向貨運公司爭賠償的事，也是因為他抱持警戒，怕若賠償問題惡化，自己這裡就會露出破綻，但他的謹慎也於事無補，因為最糟糕的人目擊到了他的模樣。

——濱口久子又來了，這次她拿著文件。

田中吃了一驚，在辦公桌前迎接她。

「所長，這是目前為止的調查報告……很抱歉我沒有完成。」

她交出報告的草稿。

交給委託人的報告，要將筆記整理成文章，並打字出來再提交，在做成原稿之前，所長田中都會大致將草稿看過一遍。濱口久子用原子筆流暢地寫在公司的稿紙上，雖然她的長相不吸引人，但字寫得很美。

「謝謝，放在那裡吧。」

田中刻意擺出沒興趣的表情打發濱口之後，馬上拿起那份文件，瀏覽上面的文字。

那份文件是濱口久子從著手調查山西勝子的那天開始的，內容和久子之前向田中報告過的幾乎沒有差別，條列記錄了山西勝子在哪天幾點去了哪裡，在哪裡下計程車，在哪間旅館待到幾點這些事情。她的跟監，大約結束在晚上十一點。

報告從一半開始就沒有附上調查日期，這是因為田中感覺到危險，讓她兼任光輪建設的調查。然而，就算看了這份簡單的報告，也可以明白濱口久子在工作上有多麼一絲不苟與細心。

當然，這裡沒有出現田中幸雄的名字，而且，連田中暗自擔心的昨晚貨車事故也沒寫。田中看了當日的日期，那天久子進行的是光輪建設的調查。

（這很可疑。昨晚久子果然沒來到事故現場嗎？還是為了隱瞞而特地詳細寫上光輪建設的調查？）

田中幸雄研究報告的字面思考著。光輪建設的調查報告如下。

「光輪建設專務董事高橋太郎，與同公司總務課勤務K小姐除了在東京都內見面，還得到他們每月會去山梨線甲府市湯村溫泉的消息。高橋去甲府市，是為了視察當地目前建設中的某公司球場，這時高橋白天執行業務，並將K小姐放置在早已安排好的旅館，晚上高橋再去和她同住。這是該公司一名反主流派的員工，秘密洩露給本調查員的，我認為是確實的。」

這是常見的手法。

田中幸雄其實出生在長野縣，所以特別對山梨縣知之甚詳，他也很清楚這個叫做湯村溫泉的地方，雖然是在甲府市內，不過溫泉街蓋在在遠離市中心的田地中，那裡離御嶽昇仙峽很近。

閱讀這份報告時，田中幸雄心中只出現這種感慨。

然而，之後田中忽然湧出疑問。

看了濱口久子拿來的報告之後，她大約晚上十一點就會結束跟監，這是因為她是女性，依照田中的指示，要盡量以那個時間為限，可是之前的貨車事故是發生在凌晨零時二十分。

如此一來，假設就算光輪建設的調查是假的，那個時候她應該也沒有跟監了吧？

（不對不對，不是那樣的。她說要中止對山西勝子的調查，是在昨晚的事故之後，而且她的臉色也變了，那個表情，就是見到我的表情。）

那麼，這個矛盾是怎麼回事？

說不定。在這裡，他產生了一個想法，於是他趕緊再看一次濱口久子的中間報告，根據報告，勝子雖然有情夫，但還無法查證，有一次甚至跟到了似乎是兩人進入的旅館，但還是沒看到對方的真面目。之後勝子一直待在家裡，因此沒有辦法跟監，就算埋伏在外面，也無法得知男子的真面目——也就是說，由於山西勝子關在自家這個殼裡，因此濱口久子在調查上也束手無策。

在這種情況下，調查員會採取什麼方法呢？光憑附近的傳言是很薄弱的，田中自己曾如此告訴調查員。必須要自己親眼確認，抓住實證，他之前這麼說過。

說不定。田中的疑問是，會不會是濱口久子收買了貨車駕駛，讓深夜貨車衝入山西家呢？也就是說，附近鄰居會被事故的響聲嚇一跳，群聚而來。那天晚上，如果勝子的情夫來了，說不定可以看到他被騷動驚嚇而飛奔出去的樣子，而且如果被鄰居包圍了，對方就會暫時窩在無法逃出的屋子裡吧？只要耐著性子等待，就可以確認慌張逃走的男子，濱口久子說不定是這麼想的……

……以前，武田信玄曾經設計過所謂的啄木鳥戰術。田中幸雄出生於長野縣，因此上國中的時候歷史老師教過那段歷史。在川中島之戰時，上杉謙信進入妻女山之後就按兵不動，信玄為了設法將謙信引誘出來，採取將部下組成別働隊從妻女山背後襲擊的策略。

如此一來，謙信背後遇襲，不管那場戰役是贏是輸，都得走下妻女山。在前面潺流的千曲川河畔等待的信玄本隊，則襲擊謙信將其殲滅，這就是信玄所下的功夫。啄木鳥要取出樹洞裡的蟲時，會以牠的長喙叩擊樹幹背面，裡面的蟲聽到聲音嚇得衝出來時，再用喙捕捉，信玄就是模仿那個方法。

田中幸雄從濱口久子的做法，感受到那巧妙的行動。

那個呆呆的女人，真的激盪得出那樣的智慧嗎？田中幸雄姑且對此抱持懷疑。

以他的個性，懷疑的事必定追根究柢，否則不會罷休。或許也是長年的職業影響。而且這次還發生在他身上，他更無法讓事情就此過去。

那麼，該怎麼做才能弄清楚呢？田中思考先去探查引發事故的貨車駕駛，調查駕駛的名字一點也不費事，看過當天的新聞報導後，就出現駕駛的名字是協成貨運有限公司的山宮健次（二十一歲）。

根據那則報導，山宮雖然是深夜貨車的駕駛，當夜卻打瞌睡，從平常走的甲州街道開上錯誤的路，來到山西家前才發覺，打算煞車時卻因地面結冰而打滑。

那天晚上確實很冷，地面結冰應該不是假的，可是，因為打瞌睡所以開錯路是怎麼回事？通常而言，打瞌睡會從大馬路誤入小路，這點很奇怪，如果是打瞌睡，不是應該會直直走在路面寬廣的甲州街道上嗎？田中認為這只是刻意搞錯路的藉口。

如果濱口久子事前真的把那個工作委託給那個叫山宮的駕駛，田中猜測久子和山宮之間從以前就認識。因為這種事情，無法拜託一個陌生人。

田中開始自己單獨調查濱口久子的來歷。雖然是有履歷表之類的，上面寫著雙親與兄弟在九州，身分保證人是在東京的叔父。

人事檔案上寫的是職員，他此時調查之後，得知叔父現年五十四歲，正在A信用調查所上班，不過不是調查員，是會計人員。可是發現了這件事實，讓田中相當愕然。

A信用調查所與田中的公司目前是競爭對手，由於私家偵探社與信用調查所這些本來就不是公認制度，因此可以隨意設立，現在東京都內很多這種公司，不過雖然有一段時間四處林立，但被淘汰的數量也相當多。

其中必然產生出同等級的競爭對手，在田中公司的情況，對手就是A公司。濱口久子為何沒在叔父的信用調查所上班，田中對此感到不解，不過說不定可能是因為她不喜歡有親戚在。可是，這種情況在田中看來，濱口久子也像是敵人刺探這邊內情的間諜。

一回想之後，田中也立刻明白她與駕駛山宮健次的關係。山宮不就是住在濱口久子之前住處附近的男人嗎？因此久子才與山宮熟識，不過山宮現在離開老家，住在貨運公司附近的公寓，他不住在家裡，是因為年輕人不喜歡拘束吧。

田中花了一天明白這些事情之後，趕緊著急地思考對策，因為事情變成這樣，濱口久子說不定會辭去田中這裡的工作，向A公司通風報信。

不過，現在說不定濱口久子已經告訴叔父，讓A公司知道了，因此他也調查這件事，結果得知她的叔父已經因為家鄉發生不幸的事，在三天之前回鄉下了。

久子是口風很緊的女人，所以田中相信她沒有告訴別人，可是等到兩、三天後叔父回來了，她就會告訴叔父這件事吧？

如果這件事被叔父洩露出去，田中就會變成同業的笑柄。信用調查所的禁忌，就是同一家信用調查所的所員對委託人分成兩派互起衝突。

不僅如此，以田中的情況，他還和委託的夫人有了關係。對田中來說這很痛苦，若是沒了信用，從事這個工作時，在同業中就會被看得扁扁的。

而且濱口久子找認識的駕駛設局欺騙自己，實在可恨。因為平時看不出是那麼有才幹的女人，更讓田中不悅，他從不知道她是那麼陰險的女人，尤其一想到她看見自己丟臉的模樣，他心中就湧出更多憎惡。

她的叔父還沒從鄉下回到東京。要封她的口就要趁現在。

接著，好像為他的想法背書一般，第二天的傍晚，濱口久子遞出辭呈。

「雖然受到您相當多的關照，但這次請讓我辭職。」

她以彷彿再三思考過似的語氣說道。

「喔？怎麼這麼突然？」

「我有點累了，所以想辭去這個工作。」

「和妳叔父商量過了嗎？」

「沒有，因為叔父回去九州的鄉下，目前還沒回來。我想去學裁縫或其他事情。」

「原來如此，畢竟妳也有結婚的問題。」

雖然這麼說，但三十二歲的濱口久子臉上不見羞赧，表情僵硬。

「不過另一方面，在現在我手上光輪建設的調查案結束之前，我還是會繼續來上班，我想再五天就可以結束了。」

「嗯。」

「明天早上，我打探到光輪建設的專務董事會去山梨縣的建設工地現場，我明天想去跟監……我想向會計預支旅費。」

13

濱口久子說，明天早上，光輪建設的高橋專務董事很有可能要帶情婦去甲府的湯村，所以要田中幸雄給她旅費時，他阻止說：

「請等一下。」

為何要阻止呢？當時雖然田中自己也不知道，不過事後想想，大概是防禦性的直覺吧，總之當時若不阻止她，他就無法安心。

「光輪建設那裡，因為我也稍微插手一些，所以跟監時要謹慎一點較好。去甲府的事，請妳考慮一天之後再做決定。」

他如此阻止了她。

濱口久子好像不滿，不過也因為她已經提出辭呈，所以她並沒有反駁，就回到了座位上。

田中認為濱口去甲府，對他來說是一個機會。他對山梨縣很熟，於是試著思考，有沒有將濱口引誘到那一帶殺掉的方法。在他的腦海中，各種地形以甲府市為中心擴展開來。

甲府是四面環山的盆地，若從東京過去，越過八王子一帶是山岳地帶，穿過笹子隘口進入盆地，在此往西走，從韮崎開始再度進入山岳地帶，接著到諏訪為止都是高原。雖然南北也是山，不過若要將這裡做為引誘濱口久子的場所，在時間上好像不太自由。還是在中央線的沿線好了。

過了韮崎之後，中央線會行駛在鹽川與釜無川兩條河谷夾道的台地上，釜無川是斷崖絕壁，形成台狀。田中把這裡列為候補地點之一。

接著，說到晚上沒有人煙的地方，在中央線有成為名勝的相模湖，或是昇仙峽。雖然在旅遊旺季很熱鬧，不過冬天幾乎無人造訪。田中也把這裡列為候補地點。

田中的腦袋急速運轉。因為他把濱口久子的甲府之行延後一天，所以還有一點餘裕，可是就是大後天了，也只剩一天的餘裕。

那天傍晚，他在自己的桌上一個勁地推敲計畫。

六點離開事務所，進入街上的公用電話亭時，他的腦中已經完成了大致的計畫。

「勝子小姐，妳可以溜出來大約三十分鐘嗎？我有非常重要的事要和妳商量。」

勝子的丈夫山西省三，就算待在東京也很晚歸，他知道只要在大約八點之前打電話，勝子都會在。若是女傭接的，他都報假名。

勝子搭計程車前往田中等待的地點，兩人進入一家不起眼的咖啡店，在那裡，田中把自己的計畫一五一十說了出來。

勝子雖然十分不安，但最後她還是答應會照田中所說的幫忙。

「剛好，從明天早上起，山西又要去大阪出差了，我就算一天不在也沒關係。」

勝子說。

「所以妳必須要馬上連絡那個叫山宮的駕駛，和他見面。剛才我打電話去那家貨運公司，山宮今天好像待在家裡。喏，帶著這個，照我說的去找他。」

田中如此說了之後，從包包裡將準備好的兩萬圓分一半給她。

「把這一萬圓當定金交給他。沒問題吧？」

「是的。」

「妳要等他的地方是這裡。」

田中給她看山梨縣的地圖，以及另外畫的石和附近略圖，並在上面畫上X記號。

「這一帶是葡萄園，離住宅很遠，因為這裡是國道。聽好了，轉角那裡有一間在葡萄採收期，讓顧果園的人住的守園小屋，現在應該沒人在。妳就站在這裡的暗處，要讓山宮以這個小屋為目標，把車停在這裡。到時候，山宮會向妳要求尾款，妳就照我說的對他說。」

田中詳細地和她商量。勝子臉色蒼白，一邊顫抖一邊點頭。

二人之後前往山宮住的公寓，不過只有田中待在外面。大約四十分鐘之後，勝子走出公寓。

「怎麼樣？」

田中把叼在口中的香菸扔到地上踩熄。

「很順利。山宮先生同意了。因為之前的意外是他的弱點，我這邊拜託他之後，他一下子就同意了。我把運送貨物的兩萬圓交給他之後，他很高興。」

「他沒有覺得奇怪嗎？」

「那方面我巧妙地說服他了。不過，因為只是在途中秘密運送就付兩萬圓實在太多了，我想他會不會起疑，但現在的年輕人都不會懷疑呢，還笑容滿面。」

「那太好了。」

田中與勝子一起在小巷裡走著，來到計程車奔馳的大馬路上。

兩人分別搭乘不同的車回去了。

第二天，田中幸雄叫濱口過去，他笑著說：

「濱口，怎麼樣，雖然妳說要辭職，但能不能再稍微忍耐一下？」

濱口久子低著頭，但決心堅定。

「這樣啊，那就沒辦法了。妳能把最後的光輪建設那件案子做完嗎？」

「是的，我就是如此打算。」

「那件案子，我昨晚查了一下，高橋專務董事今晚好像果然也和情婦住在湯村溫泉，所以妳要不要搭火車去？這樣就能在傍晚抵達甲府。旅費妳就去向會計拿。」

濱口久子照他所說的，從會計那裡拿到旅費。

田中幸雄知道她會搭火車。如果要在傍晚到達甲府，一定是十四時五十分從新宿出發的準急列車。事實上，田中已經在新宿的月台上，發現濱口久子坐在車廂中的身影。可是馬上被發現就不妙了。乘坐其他車廂的田中，在發車後不久，走近濱口的位子。

濱口久子看到田中來到自己的座位旁邊，吃了一驚。

「我是趕著來連絡妳的。」

田中說：

「光輪建設的高橋專務董事和他的女人，已經離開湯村溫泉，今晚好像會在相模湖畔的旅館住一晚。我剛剛才得到這個消息，好不容易才搭上這班車。我想妳多半會搭這班車去，找了好久呢。我也順便跟妳去吧，反正今晚我也沒事，而且兩個人比一個人要好。」

若仔細思索，這番話應該有不自然之處，因為準急列車並不會停靠相模湖，而且最重要的是，為什麼田中會聽到那種消息？然而，由於田中本身在光輪建設的案子中有幫忙，所以濱口久子沒有起疑。而且為了不讓她起疑，田中的說話方式很誠懇。

濱口久子在八王子轉乘下一班開往松本的普通列車，用前往甲府的車票在相模湖站下車。田中也跟著下車。在下車之前，濱口看著書，除非必要沒有開口說話，田中也沉默著，以免不小心惹上麻煩。

走到湖畔時已經五點了，周遭開始變得昏暗，田中指向湖畔一排旅館的其中一間，開口說：「光輪建設的高橋專務董事和情婦住的旅館就在那裡，妳可別做得太過火啊。」

今天是平日，時間又晚了，湖邊的人影也稀稀落落。

「我先過去看狀況，妳待在這裡，因為對方說不定會經過，妳要好好監視。」

田中如此說完就把她留著，隨便走向旅館的方向，消失在陰影中。如此一來，濱口久子就無法離開指定的地點。

田中在久子不知道的地方，一邊眺望湖面一邊耗時間，他得等到周遭完全變暗才行。等了將近兩個小時，他終於回到之前的地方。濱口久子還老實地站在那裡。

「抱歉抱歉。」他說道：「不好意思這麼晚才來。剛才那兩人終於從旅館後門出來，走到另一邊去了，我們快追上去吧。」

雖然是寒冷的冬夜，不過用過晚餐的情侶，相對飲酒面色潮紅地出來散步也不少見。濱口久子就算長時間等待也沒有露出不高興的表情，這也顯示出她對工作的強韌意志。

田中跟她走在與車站反方向的路上。甲州街道的國道一直都位在高處。兩人走上斜坡的路，這附近的人家離得很遠，也沒有人跡。頭上的國道，只有車子的車燈偶爾經過，燈光也映照在黑暗湖面的對岸。

田中看了看手錶，他今天特地換戴夜光手錶。現在已經過了七點，還得再等大約五個小時，山宮健次開的貨車才會經過這裡。

終於來到人跡杳至的黑暗場所。那裡是國道下方，再下去就能從樹木與草叢間看到相模湖的一部分。就算是濱口久子，也開始懷疑與不安。

「所長，那兩人真的往這裡走了嗎？」

她變成質問的語氣。田中認為自己不能猶豫，於是撲向濱口久子，塞住她的嘴巴，將她踢倒在草叢裡，並用事先準備好的繩子從上方纏住她的脖子。十分鐘後，久子產生痙攣，沒了呼吸。

田中清楚地記住地形，再度折回原來的方向，雖然他的腳在發抖，但仍提振勇氣。過了八點，他再度走上國道，在十字路口等待。比預定時間晚了二十分鐘，東方開來一輛計程車並停下，勝子從後座拖出用毛毯包住、以柳條編成的行李箱，付了車資。計程車直接開回東京方向。

「辛苦妳了。」

田中慰問勝子。勝子穿著羊毛長褲與厚棉菱格大衣，是相當輕便的服裝，就算來到冬季的相模湖，也不顯得奇怪。她還提了一個波士頓包包。他背起空行李，與勝子走下湖邊。雖然他們不走大馬路而選擇小路，但就算被別人看到，也只會認為是夫妻背著行李走路。

田中走進黑暗的路，走到他記得的濱口久子陳屍地點。勝子發著抖跟上來。二月的夜晚很冷。

濱口久子的屍體，被移到田中手上的空行李之中。勝子害怕得沒有靠過去，不過，她有幫忙蓋上行李綁緊細麻繩，以及在外面裹上毛毯。

勝子在黑暗中抽抽答答地哭了起來。

「不准哭！」

田中喝斥她。

「現在若不這麼處理，我們就完了。打起精神來。我們兩人得同心合作，否則我們都會被逼上絕路。」

他一面罵勝子並安撫她，一面換上勝子帶來的防寒夾克，衣服變得不起眼之後，再告訴勝子如何進行剩下的任務。

「聽好了，妳搭火車先走，一定要待在昨晚我告訴妳的地方。」

勝子在黑暗中行走，前往燈火通明的相模湖站，因為她要搭上開往甲府的普通車。

田中幸雄把變重的行李拖到國道下面的草叢，他一面坐在那個行李旁邊抽煙，一面眺望黑暗的湖面良久。寒氣滲入體內。燈光彷彿魂魄似地拉了一條尾巴，從湖岸消失在高處的甲州街道遠方的十字路口。

長長的列車燈光通過了。是山西勝子搭乘的火車。

田中從口袋拿出報紙，放在甲州街道的路邊攤開，並在四個角落放小石子，以免被風吹走。這是他和開貨車的山宮之間的信號。昨天晚上，勝子已經和山宮全都事先商量好了。

從八王子那邊開車過來的應該是山宮的同事，山宮會和同事在下一站大月交換駕駛，這件事田中也知道。就是因為勝子從山宮那裡聽到這些事，才有了這個計畫。

離預定的十點晚了大約十五分鐘時，一輛貨車停在距離路邊的報紙二十多公尺之處。

田中把沉重的行李拉到國道上。

一名年輕男子從貨車上面下來，他在看後面的貨物狀況，那也是勝子和山宮說好的。

「你是山宮嗎？」

田中在黑暗中低聲詢問。

「是的。」

山宮回答之後，因為來的人不是勝子，而露出有些意外的表情。

「昨晚，山西夫人應該已經去告訴過你了。我是夫人的使者。就是這個。」

駕駛山宮默默地用雙手抱起那個以毛毯包裹的沉重貨物。他的力氣很大。田中補充說：

「剩下的尾款一萬圓等到石和卸下貨物時，夫人會再給你。」

駕駛點點頭，以熟練的動作將行李堆上其他貨物，這時候田中從下方幫他搬。為了不讓貨物掉下去，山宮綁好繩子後跳下車。

「你知道在石和停車的地點吧？」

田中謹慎起見問道，山宮點頭，小步跑到駕駛座上了車。這之間才花了短短五、六分鐘而已。

也沒有其他車輛經過貨車。田中幸雄目送貨車逐漸在黑暗中變細的紅色尾燈。

田中悄悄循原路回到車站。

他事先調查好二十三時二十四分發車，開往大月的末班車。雖然他換過衣服，不過為了盡量避開站務員的注意，他買了到大月的票，因為是深夜，如果買的是到目的地的票，之後或許會被懷疑。

二十四時抵達大月，換搭二十三分後出發前往長野的準急列車。車票是他暫時出站買的。

田中在小淵澤站下車。雖然有五、六名乘客一起下車，但他為了不讓站務員留下印象而花了一番苦心，不過一臉睡意的站務員根本沒看他。

田中出了車站，走向國道。因為是下坡，他走得相當快。

山宮開的貨車應該還沒來，畢竟火車比較快，而且山宮還要在甲府的轉運站卸貨，會花點時間。

現在山西勝子應該已經在石和的葡萄園，從山宮那裡收下沉重的行李，藏在守園小屋的暗處才對。

貨車從大月開到甲府時的駕駛也是山宮，因此要拿下行李時，山宮會假藉引擎的狀況不好而暫時下車。勝子應該有要山宮在那段時間裡，讓同事別離開駕駛座。

山宮沒發現那個行李裡面裝的是人的屍體，可是，收下兩萬圓順路載貨這件事，多少會引起懷疑吧？然而沒有疑心的他，因為有錢拿就簡單地接下這個工作。

（現在這時候，勝子已經從山宮手上拿了行李，拖進葡萄園裡，一直等我過去吧？）

田中一面想著這件事，一面從ＸＸ村的餐飲店後面走出來。南側不遠的下面就是斷崖，因此白天的景色很美，餐飲店選擇這樣的地點，做為深夜貨車駕駛的休息地，以駕駛為客層通宵營業。對這一帶瞭若指掌的田中也知道這一點。

為了不被餐飲店的人盤問，他繞到後面的田間小路，來到甲州街道的對面，在那裡等山宮的貨車到來。

沒多久，一輛相似的貨車來到餐飲店前，那邊已經有好幾輛其他貨車正在休息，不過駕駛都進入那三間餐飲店，沒有人留下來。

山宮和另一人從抵達的貨車中走下來。他們的身影在餐飲店的燈光中清楚浮現。

山宮一度和同行的駕駛走進店裡，不過馬上自己一人出來，他四處張望了一下，不一會兒就走向田中等待著的暗處。這應該是因為勝子在石和收下「貨物」的時候，向山宮說過。

（剩下的一萬圓我忘在家中了，所以把這件貨物交給你的男人，會在XX村的休息處交給你。那個人剛剛搭計程車來過，所以我拜託他。其實那個人在這裡也沒有能借錢的人，所以他說會向甲府的朋友借錢，然後先過去等你。他會在暗處交給你。你要小心別被你朋友發現。）

田中在暗處走近山宮。

14

田中幸雄低聲呼喚在暗處等待的山宮。

「啊，是你嗎？」

山宮看向田中的臉說。

「麻煩你的貨物，已經在石和交給山西夫人了吧？謝謝你。」

田中向他道謝。

「因為那個女人沒有帶要給你的錢，所以由我給你，你知道吧？」

「嗯。」

山宮點頭。

「那，我要給你剩下的一萬圓。你可以過來這裡一下嗎？」

田中引誘山宮，將地點移往斷崖。山宮回頭，他很在意時間，希望能在夥伴從餐飲店出來之前拿錢回去。

「喂，山宮。」

田中慢條斯理地說：

「拜託你的那件貨物，你絕對要保密。」

「是的，那沒問題。」

山宮跟著田中走。他也想拿到一萬圓。他認為田中會在那邊給他，所以沒有戒心。不久他們接近斷崖邊，遠遠可以看到下面村落的燈火。

「這裡的夜景真棒。」

田中背對著從下方吹上來的寒風說：

「白天的時候，這邊的景色好像也很不錯吧？」

「嗯。」

山宮很在意時間，似乎想早點拿到錢。

「你啊，光是在與瀨那邊拿貨，再到石和卸貨就能拿到兩萬圓的謝禮，你沒有疑問嗎？」

「對什麼有疑問？」

「不是啦，也就是說，那個，怎麼說，只是運送短短的距離就能拿到兩萬圓這筆錢，你不會想那件貨物是否有什麼秘密嗎？」

「……不會。」

山宮雖然這麼說，卻咕嘟吞了一口口水。他也覺得這件事很奇怪。

「這樣啊，那就好。你搬那件貨的時候，沒有讓夥伴發現吧？」

「沒問題，那傢伙什麼都不知道，因為我在載貨和卸貨的時候，都找適當的藉口下車。」

「那就太謝謝了……來，這是說好的一萬圓，你數數看。」

田中說著，把十一張千圓鈔放入山宮手中。

「不用數也沒關係。」

山宮直接把那綑千圓鈔塞進口袋。

「別那麼說，數一數嘛，雖然我數過了，不過要是少了一張，心情會很差喔。」

「這樣啊。」

因為田中很堅持，山宮在黑暗中開始數錢。其實田中多放了一張，這是為了要山宮重數一次。

實際上，山宮也如他所想的數到第十一張，以為是自己的手指數錯了，又從頭重數。因為四周很暗，只能靠指尖的觸感，所以很費時。

就在這時，田中趁機用之前帶來的鐵鎚，從他後面朝頭頂狠狠敲下去。

他以為會因為太暗而失手，沒想到山宮呻吟一聲就往前倒。田中趕緊拿回他手中的千圓鈔來數，只有八張，這次他悄悄打開手電筒，回收散落地面的三張鈔票，順便用光照山宮的臉，他流出鼻血，奄奄一息，嘴角洩露出低聲呻吟，臉上沾滿泥土。

田中拖著山宮的身體，帶到斷崖邊緣。這個地方也從之前就出現在他的腦中，這裡是面臨釜無川的台地中最險峻的斷崖，一直到下方都有不少突出的岩角，不管是誰，只要摔下去就有十足的可能性會當場死亡。

田中雙手放在駕駛打橫的身體上，像滾動木桶一樣將他推落斷崖邊緣。在黑暗中，聽得到落石的聲音。

田中湮滅拖行山宮的痕跡，確認血跡沒有飛散後，用手帕捲起沾血的鐵鎚前端，然後單手提著鐵鎚，避開貨車行走的街道，走進小路裡。沒有任何人看到剛才發生的事。

他稍微往下走的時候，後面開始傳來山宮同行駕駛的聲音，叫著山宮、山宮。

那個山宮，現在應該已經靜靜地躺在崖下，他的身體大概被突出斷崖的岩角劃上無數個傷口，頭頂的傷肯定也會被認為是岩石撞出來的。因為他倒下時還有一絲氣息，所以出血量也會很多，如果運氣不錯，說不定警方會推定山宮是失足墜落，因為如果是死後墜落，傷口會出血較少。

田中在沿著甲州街道的小路上，朝著韮崎匆匆走過去。他現在還有很多必須要做的事，得在天亮以前都收拾好才行。

田中走了二十分鐘，才初次從小路走上甲州街道。那裡是長坂附近。他拿出口袋裡的登山帽戴上，並戴上眼鏡，然後攔下一輛開往甲府的貨車。他認為盡量別找定期貨車比較好，卻偶然碰上白牌貨車[8]，是某家公司的車。

「不好意思。」他走近前座，說：

「我正因為火車沒了傷腦筋。如果你要去東京的方向，可以載我到石和嗎？」

8：有營業登記的車牌是綠色，白色則否。

前座是駕駛與副駕兩人，他們很爽快地讓他搭了便車。

田中起初的盤算是，若是這條甲州街道，還是會有一些車子在半夜經過，因此可以搭順風車，不過考量到警方日後的搜查，他想盡可能選擇不是營業用的貨車。搭這輛車，在調查上會比營業車更困難，他從一開始就很幸運。

「在山上晃來晃去，不知不覺就這麼晚了。幸好有你們幫忙。」

田中對讓他上車的駕駛說。

到了石和，車燈照亮那間葡萄園的守園小屋時，他請貨車停下來。

「到這裡就行了。」

他看看手錶，已經快五點了，冬季的夜晚已經泛白。在葡萄園裡，山西勝子放下裝著屍體的行李，很冷似地看守著。

「抱歉讓妳久等了。」

田中抱住勝子的肩膀安撫她。她的肩膀在打顫。勝子因為寒冷與不安而怕得要命。

「好了，振作一點，只差一步了。」

田中又在那附近走來走去，把農家倉庫牆上的手推車拉出來，老舊的手推車是用來搬運水果的，被繩子牢牢綑著，他用登山刀把繩子切斷，拉到勝子那裡去。這附近每間小屋都會有這種手推車，這也在他的算計之中。

「來，我會把東西放上來，妳去幫忙那邊。」

他對勝子說道，將裝了濱口久子屍體的沉重行李放上推車。

「我拉著它走，妳從後面跟上。」

勝子一句話都說不出來。儘管如此，與徹夜和一個屍體待在一起相比，田中回來讓她放心。東方開始變亮，也開始能逐漸看清楚周遭，不過田裡還沒有農夫的影子。

田中第一個想到的雖然是冬天不受青睞的昇仙峽，但是繞到湯村會引人注意。田中知道從石和經過甲府市北端，通往和田隘口的捷徑，就算拉著推車，他計算也需要三個小時。

二月的早晨很冷。途中雖然遇見送牛奶的和送報的，不過他們彷彿急著想用匆忙趕走寒冷似地踩著踏板，也沒看出可疑的樣子。

進入山路之後，果然無人行走。雖然天開始亮了，不過只有遠方看得到療養院的建築，路上依舊無人通行。途中有好幾個糞坑，他拿出一直帶到現在的鐵鎚，拿掉手帕，找個大糞坑扔進去。手帕上面沾黏了紅黑色的血，勝子看到血跡後掩面，他則把手帕揉成一團塞進自己的口袋裡，他打算之後燒掉。

晨霧包圍了和田隘口。當初的預定是要一直走到深處，不過因為已經變得危險，於是在那裡就卸下行李。

馬上就能下到湖畔。他扛著行李走進松林深處，盡量不引人注目下進入竹林中。

田中掀開行李蓋，取出濱口久子在裡面屈著膝蓋的屍體，由於已經僵硬了，處理起來很方便。田中抱起屍體，將屍體藏在遠離道路的竹林中。

再來就是要處理手推車與行李。

雖然是星期六，不過湖畔的休息處還關著門。他把空行李堆在手推車上，走在隘口的山路上，拉著手推車走進千代田湖對面的樹林中。之後，他們等滑雪客來，混在滑雪客之中遊玩，因為混在群眾裡比較安全，而且沒人認識他們。兩人都一身輕裝。

到了大約下午三點，來到這個湖遊玩的人們，開始陸續回去了。

「妳趁現在回東京，我善後一下就回去。」

田中先讓勝子獨自回東京。勝子和其他滑雪客一起離開和田隘口。

此時田中最擔心的，是會不會有人發現竹林裡的屍體，但卻沒有。如果事情變成那樣，田中打算混在其他遊客之中，觀察警方的動作。在那種狀況下，因為是不得已的，所以也會放棄處理行李和手推車。

田中獨自一人留在山中。黃昏時度假的遊客已經走得一個不剩。他在山的暗處挖一個坑，把行李和毛毯埋了，手推車則是棄置在約一公里外的山中。

偶爾會碰到兩、三個人，不過因為在黑暗中，對方大概以為他是附近居民，沒有特別注意。

田中幸雄當晚就搭夜行列車從甲府回到東京。

就連他也累得精疲力盡了。昨晚一整晚幾乎沒睡，又步行了相當長的距離，而且還殺了兩個人，緊張的心情接二連三，那疲勞讓他像一灘爛泥一般沉沉睡去。

一大早回到家中的田中，對妻子說他出差去調查案子，因為這並不少見，所以妻子也沒有發覺。

他看了那天傍晚的晚報，刊出駕駛山宮的屍體被發現的事。報上寫著，一起搭乘貨車的同事佐佐受到警方當局調查。看報導的寫法，佐佐好像被列為重要參考人。

濱口久子的事還沒上報。他因計畫順利進行感到滿意，這個週日久違地待在家裡。

他也想和山西勝子說話，但她丈夫大概在家，而且他認為，這陣子他們還是暫時別見面比較好。

第二天早上，田中一如往常地到事務所上班。

「濱口怎麼了？」他詢問所員。

「她今天還沒來。」

平時負責人事的主任回答。

「她去哪裡了？」

「這個嘛，她說要去甲府出差，調查那個光輪建設的案子，跟會計拿錢就走了。」

「啊，對喔。」

他像是終於想起來似地說：

「她也來找過我，告訴我那件事。那她今天可能是累了所以沒來上班。」

濱口久子要辭去這裡的工作，這件事一般的所員還不知道。濱口沒怎麼和其他所員來往，而且她的口風很緊，所以她在辭職成定案之前，肯定沒有對任何人說過。

「就算是這樣也很奇怪，她會不會還在跟監啊？」

「那也說不定。」

「如果她能適可而止就好了。她有打電話回來嗎？」

「從她出差開始，一通都沒有。」

「真奇怪。都過了兩天，打個電話也好啊。」

田中不滿似地說。

「她今天應該會回去公寓休息吧？」

主任說。

「對了，誰可以去她的公寓看看她的狀況嗎？因為她是女性，我還是會擔心。」

「說得也是。」

主任派人去濱口久子的公寓，二十分鐘後，警視廳打來一通特別指名田中所長的電話。

「貴公司有一位叫做濱口久子的員工嗎？」

田中心想，預期中的最後波濤終於來了。

「是的，是有……」

「她本人現在在貴公司嗎？」

「不，她從十五日起就因公去甲府出差了。」

「去甲府？」

電話那頭停頓一下，

「有一名身上有那位濱口久子小姐身分證的女子，在甲府附近的和田隘口被殺了。」

「你說什麼？」

「甲府警署在電話中是那麼說的。有人能立刻到現場去確認身分嗎？」

「我知道了……由我去吧。」

「那實在太好了。那麼，此事敝署就如此回覆甲府警署了。」

田中掛了電話，在桌前站了一會兒。

「濱口怎麼了嗎？」

詢問電話情況的主任與其人，都聚集到田中身邊。

「好像有個身上帶著濱口的身分證的女子，在甲府和田隘口的竹林裡被殺了。」

「……」

「既然她還沒回來，說不定那就是她本人。我馬上就搭下一班火車去甲府……濱口之前在跟監光輪建設的專務董事，你可以火速詢問，那位專務董事現在怎麼了嗎？」

「了解。」

「事情變得很糟糕了呢。」

臉色蒼白的田中嘆氣。

他會臉色蒼白，其實是因為緊張過度，不過所員都沒有發現這一點。

報告傳來了，光輪建設的專務董事，現在正回到東京總公司。田中幸雄從東京出發抵達甲府，到搜查本部去，在那裡他看到濱口久子的屍體，確認身分，並回答搜查本部人員的各種問題。

這時候，他說因為要調查光輪建設專務董事的品行，讓濱口久子到湯村溫泉跟監，絕口不提山西省三的調查案。這麼一來，就會按上濱口久子是在調查光輪建設時慘遭橫禍的印象。實際上，搜查本部好像也開始徹底調查光輪建設的專務董事。

之後也有甲府警署的刑警來問了許多問題，不過田中自身的行動始終被放在搜查圈外，最後濱口久子暗中調查山西省三妻子一事仍然沒有被發現。

三十五日後，田中從報上得知，兩方的搜查本部都解散了。

15

兩起進入五里霧的命案也並非沒有線索，可是，與其說是線索，或許應該單純地稱為一種現象。現象要成為搜查的線索，必須要帶有線索才有的必然性，而那些現象並沒有。

舉例來說，山梨線石和的葡萄園的小屋丟了一台搬運水果的老舊推車（橡膠輪的雙輪手推車），可是因為那已經是舊到可以報廢的東西，所以持有者並沒有提報失竊。小屋的主人只是嘖一聲，說真是世風日下，然後變成傳聞在附近傳開而已，甚至沒有傳入派出所的耳裡。

此外，雖然在和田隘口下方很遠的山中發現了手推車，但這也只被當成是小孩的惡作劇之類的，所以也沒有人特別向警方提報拾獲物品。

命案發生時雖是寒冷的季節，手推車出現時卻是盛夏，也就是說，這之間相隔約半年，要把這件事和發生在同縣的兩起命案連結起來也太遠了。手推車被丟棄在那附近一陣子，不知何時不見了。也沒有發現行李和毛毯。

而且，就在命案發生之後不久，儘管山西省三委託信用調查所調查妻子的品行，不過調查報告上記載著，妻子完全沒有行為不檢點的形跡。山西大致上承認那份報告，因此這也沒有在他們夫妻之間引起糾紛。

山西省三還是一樣維持著和情婦的關係，但妻子勝子和之前相比，變得莫名鬱悶。

就這樣，季節平安無事地從夏季進入秋季。

協成貨運有限公司總務課車輛股長高田京太郎，還是一樣為了處理車禍的善後四處奔波。貨車的事故絡繹不絕，以擦撞到其他車子，或是後方凹陷之類的為代表，從瑣碎的交通事故到人身事故，他奔走善後的原因源源不絕。

也偶爾會發生貨車撞壞別人家的情況。最近每條路上都車多擁擠，速度不快，因此動不動就會超過預定的送貨時間，駕駛著急地想趕上，於是不由得偏向旁邊撞壞民宅圍牆，或是衝進大門內。

高田京太郎在那些賠償交涉中發揮出平時的老練態度，但如果對方要求不適當的損害賠償，他就一定會援引山西家寬宏大量的補償當例子提出協商。

「雖然府上那麼說，不過今年冬天在鄰近甲州街道的山西先生家，遭到敝公司的貨車打滑衝撞，大門與玄關都壞了，但是敝公司以兩萬日圓就獲取對方的原諒。和那個案子相比，府上的損害少得多了。」

他一定會這麼說。

「有那種蠢事嗎？」

有的受害方也會這麼說。於是高田就會不滿地回嘴。

「您認為我說謊嗎？若是如此，那就請您去詢問山西家吧。」

高田京太郎到現在仍感謝山西家的夫人。雖然處理過很多事故，但可以用比己方更低的估價解決，而且還是對方先提出來的，這種例子可是第一次。不過，當時的駕駛山宮之後就被殺了，連他都覺得可憐。

山宮是個不錯的年輕人，那件事實在令人惋惜。究竟是誰殺了他，到最後還不明瞭就結束了。警方也進行了相當多的搜查，但最後還是進入五里霧中。山宮的同事佐佐好像被警方虐待得很嚴重，不過最後也洗清嫌疑釋放了。

「哎，倒楣死了，警察認為我殺了山宮，拚命套我的話，還威脅我，我明明不可能殺那傢伙，警方這種機構裡面都聚集了一群疑心病很重的人耶。那天晚上和山宮搭擋真是我的不幸。」

儘管如此，佐佐在度過異常的經驗後好像很開心，好一陣子都聽他吹噓那件事。然而，他現在好像已經忘記似地，和以前一樣開定期貨車。

就在那樣的某一天。

這次是那個駕駛佐佐開的貨車衝進路邊人家的玄關，不過他在危急之際踩了煞車，因此只稍微撞壞了玄關門和柱子。話雖如此，門的玻璃還是破了，門框也撞得七零八落。

「因為前面那輛車是女人開的，慢得讓人不耐煩，我從旁邊切出去想超車，結果有一輛計程車從旁邊開過去，我打方向盤避開那輛車，結果就那樣滑著衝向旁邊的房子了。」

佐佐如此說道，在高田面前搔頭。

高田京太郎又帶著水果籃去受害者的家。那裡是甲州街道在高井戶前端變窄的地方，目前因為施工中而縮減道路。那戶人家是普通的非商業住戶，相當老舊，後面還看得到農家的茅草屋頂。

走出來的是五十歲的屋主，看起來很強硬。

「就算只是修好前門，現在材料很貴，木工的工錢也很高，要十五萬圓才行，你居然拿五萬圓就要我原諒你們？別開玩笑了，你們和這輛車闖進我家，我還得拿十萬圓出來，哪有這種事！」

屋主揚起下巴指向壞掉的木格門，同時盤腿坐在高田面前。

高田京太郎照例提出山西家的損害案例。

「從山西先生的損害狀況看來，貴府上還不到他家的三分之一，畢竟說到山西先生家，不但大門倒了，玄關也壞了，我也認為很嚴重，已經有心理準備。結果對方充分諒解，知道駕駛不是故意去撞，是打滑才滑進去的，所以降低價格變成兩萬圓……先生，從那個案子來看，貴府上的損害還不到三分之一。話雖如此，因為山西先生的情況比較特別，我不能說希望能比照辦理，因此我認為若是五萬圓就十分足夠，您不會吃虧。」

「什麼？被撞得那麼嚴重，卻只拿了兩萬圓的賠償金？喂喂，你可不能漫天扯謊，現在不可能有那樣就能打發的珍奇屋主。」

對方認為高田在討價還價，不相信他。

「先生。我身為事故負責人，雖然像現在這樣到處向大家賠罪，但我不會為了講價而說謊。若您有什麼問題，因為您都清楚山西先生的地址和門牌，您可以親自過去直接詢問。」

這天談判破裂，高田京太郎忿然拋下這句話回公司。

這位受害者家後面就住了一位警視廳的刑警，因為附近鄰居的感情很好，受害的屋主就把這件事的詳情告訴刑警。

「貨運公司還真是說謊不打草稿。對方說了這種事之後就走了，那是真的嗎？」

「這可不能輕易相信哪。」

刑警聽了之後也歪著頭。

「既然如此，我明天搭公車去本廳上班之前，中途下車一下，去那戶姓山西的人家問問看好了。」

如刑警所言，他在第二天早上八點半左右造訪山西家。那裡是從甲州街道斜向切出去的路邊，他站在那間房子前面看了之後，大門和玄關事後的修繕痕跡一目瞭然，只有這兩個地方很顯眼，又新又美觀。

刑警在心中想像，如果要花這麼大的工夫去修，少說十萬圓跑不掉。區區兩萬圓就原諒了，他認為果然是貨運公司的策略。聽人家說，貨運公司的事故負責人，在損害賠償上低價欺瞞是慣用手段。

刑警站在山西家的新玄關前面。老舊的房屋只有那裡新得令人瞇起眼睛，有種銜接得不太協調的感覺。一名大約二十一、二歲的女子從玄關走出來，光用看的就知道她是傭人。

「請問屋主在嗎？」

因為不是執行公務，刑警沒有照慣例拿出黑色手冊溫和地問。

「老爺從昨晚就出差了。」

「那麼，我想見夫人。」

「夫人不在。」

「外出嗎？」

女傭眼中透露出奇妙的躊躇神色，簡短回答：

「很久之前就回鄉下了。」

「這樣啊……今年冬天有一輛貨車衝進這個房子，撞壞了大門和玄關，這件事妳知道嗎？」

「不知道，那是在我來之前的事，當時的女傭已經辭職了。」

那就談不下去了。

「屋主是上班族嗎？」

「是的，是平和化纖的監事。」

「這樣啊，那在哪裡？」

如果是上班族，刑警認為去公司談會比較快，因此問了地點之後就離開了山西家。

刑警去了那家叫平和化纖的公司，與山西省三本人見面。到目前為止，他並不是很熱中，只是因貨車而受到損害的鄰居太氣憤了，所以才想姑且確認一下，如果山西家的夫人在的話就能簡單結束，但夫人不在家，他就只能來這裡了。

山西省三是一名體態不錯的中年男子，聽到刑警提出的話，馬上表現出為難的模樣：

「關於那個問題，確實如同貨運公司說的那樣，我這裡只用兩萬圓就解決了。」

山西省三承認道。

「啊，這樣啊，那麼，果然是真的囉？因為那筆賠償實在太便宜了，所以我之前懷疑是不是貨運公司說謊……我剛才到貴府上，看過大門與玄關的整修情形了，照那看來，兩萬圓應該不夠吧？」

「是的……因為內人說，她不想硬要求高額賠償……」

「事故發生的時候，您在家中嗎？」

「不，我在出差。」

「這樣啊，也就是說，夫人獨自在家。半夜發生事故，她肯定嚇一大跳吧。」

「……」

「協商時，我想對方應該會派事故負責人，就是協商賠償的人過來，那個人的協商態度如何呢？是不是很強硬呢？我在貴府上想見尊夫人，不過她剛好回鄉下了……若我想見尊夫人，請問她何時會在？」

「……因為一些事情，我和內人現在離婚了。」

山西省三一臉不悅地低頭回答。

刑警查出山西省三的妻子與丈夫離婚後，在京橋的日式餐廳當包廂服務生。若是平常，沒有做到這個地步的必要，可是如果就此打住，刑警心中彷彿有個疙瘩。或許這就是刑警的直覺吧！調查進行到這裡，已經超出鄰居拜託的範圍。

即使是小公司，監事的妻子會在日式餐廳當包廂服務生，就意味著這是一場不幸的離婚。刑警得知那家餐廳是雞肉火鍋專賣店。

「你說的女人，大約二個月前來過，我們店和附近的店不一樣，太年輕的會做不來。那個女人雖然一副沒經驗的樣子，不過做得還不錯。」

餐廳老板對刑警說道。他說他不清楚離婚的事。雖然好像隱約知道，不過沒有問得太詳細。

「那個女人住在這裡嗎？」

「沒有，她在四谷租公寓住，從那裡通勤過來。」

刑警寫下公寓的名字，問道：

「那位太太會在這裡工作，是因為看到報紙廣告之類的嗎？」

「不，不是的，我們店裡偶爾會有事委託永福信用調查所，那個姓田中的所長過來說，有個人希望我們能僱用看看。因為當時我們人手不足，我想說正好，就僱用她了。」

「那為姓田中的信用調查所老板，是如何認識那位太太的？」

刑警有個大略的想像。

「這個嘛……」

餐廳老板臉上泛著曖昧的淺笑。

刑警聽過永福信用調查所的田中幸雄這個名字，那裡的女所員，在山梨縣的和田隘口遭到殺害，甲府警署的搜查員也因為那個案子屢次來警視廳連絡，雖然不是他負責的，但他也知道相關的事情。

那位刑警回到本廳，重新看了濱口久子命案的記錄簿。

於是，根據田中幸雄的供述，當時濱口久子負責調查光輪建設高橋專務董事的品行，到甲府的湯村溫泉出差。高橋專務董事從這裡開始受到懷疑，被警方訊問了許多事情，但早先的品行調查中，高橋專務董事與濱口久子的主張有出入。可是，正確說來，那是濱口久子向所長田中幸雄報告，再由田中對警方做出供述。

光輪建設的高橋專務董事，沒有否認他帶情婦到各地去，可是濱口久子的調查報告，和他的行動相當不同。舉例來說，根據尾隨高橋的濱口的報告，高橋曾經去過琦玉縣大宮的旅館，但高橋抗議說那天他去千葉出差。事實上千葉那裡才是正確的。

為何濱口久子要亂寫呢？當時警方認為是因為濱口久子怠忽調查，所以才隨便報告。

可是，這自始至終都不是濱口久子直接對警方說的，而是在她死後，田中幸雄說是濱口久子的調查報告，對警方所做的供述，換句話說，就是透過田中幸雄的供述。所以，認為是田中的創作也無不可。

田中幸雄分配外來的委託案件時，全都由自己一個人進行，刑警很重視這一點。於是他懷疑，說不定，會不會是有人委託調查山西省三的品行，然後田中派濱口久子去做——他會產生這個懷疑，是因為現在田中和與丈夫離婚的山西妻子，似乎有情人的關係。

刑警向組長報告這件事，組長聽了，重新照會甲府警署與山梨縣警署。

雙方的警察署員來到警視廳，他們都是案情膠著後解散的搜查本部的搜查員。他們開始再度探討濱口久子命案的調查記錄，以及駕駛命案的調查書。

他們一致的意見，是重新會見山西省三，問問他是否有被調查品行的印象。

「這個嘛，我是不知道，不過……」

山西省三回答搜查員說：

「在分居之前，我曾經委託調查過前妻。我委託的對象嗎？是永福信用調查所。所長是叫做田中幸雄的人，他親自幫我調查妻子的品行。」

搜查員徹底調查了田中幸雄在濱口久子遇害當天的不在場證明，然後分別朝向田中幸雄與山西勝子兩人的所在之處過去。

熱空気

熱空氣

第二章

1

河野信子是隸屬澀谷道玄坂上「協榮家政婦會」的員工，她在三年前和丈夫離婚之後，就立刻加入這個組織。離婚的原因是因為丈夫有別的女人，然而因為她無法生活，所以打算暫時找個派遣家政婦的臨時工作，結果一直拖著就做到現在。

試著加入之後，以中年女子來說，收入並不差。

沒有一技之長的三十二歲女子，離開遭到破壞的家庭，能做什麼工作？看一遍報上三行小廣告的求才欄就知道了，有日式餐館的包廂服務生、旅館的打雜工友、保險收款員這些種類，其他雖然還有酒吧或小酒館的女公關，但這些若非年輕貌美是不會僱用的。

若是女傭，雖然職缺很多，但河野信子無法耐著性子長時間在個人家中工作。在這一點上，現在的家政婦會是只有契約期間的短暫僱傭關係，因此不會很辛苦；而且還提供伙食，一天八百五十圓的薪水還不壞。

現在到處都缺幫傭，派遣家政婦不管有多少人都仍然呈現人手不足的狀態，所以信子沒空在會裡的宿舍悠閒地晃來晃去。

由於這個職業是在家庭中幫傭，因此相當需要體力。而且因為每個家裡的主婦都認為那是高額工資僱來的，所以會拚命使喚；僱主亦然，如果是會一直待在家中的女傭，就會比較關心，工作分擔上也會盡量減輕，但因為家政婦是暫時的傭人，所以對方也不會客氣，像待洗衣物之類的就會堆得像山一樣。

幾乎沒什麼休息時間。照會內規定，工作時間是一日十小時，雖然實際勞動時間規定是八小時，但在家庭中工作的特徵，就是無法明確區分勞動與休息，因此工作時間超過十小時是家常便飯。幾乎沒有會體諒的家庭，拖拖拉拉地工作到很晚，或是洗澡睡覺時已經十一、二點都毫不稀奇。晚上不管做到多晚，早上還是得早起。

撇開這些辛苦，每月平均收入兩萬五千圓並無不好之處，最重要的是也不需要在意服裝。不，若穿得好看，反而會被僱用家庭的太太嫌棄。自己的人格會徹底被無視，必須要做好這個心理準備才行。家政婦自始至終都要明確地抱著在商言商的心情，不管進入哪戶人家，都不能投入感情。

河野信子三年來進出過各式各樣的家，大致學會了要領。僱用的人家無論如何都是商店或中流以上的家庭，尤其「協榮家政婦會」還擁有當地高級住宅區的顧客。

不過，因為社會上女傭的人手不足，也有人從很遠的地方打來找人，大概是從電話簿上得知的。工作按照與對方簽的契約，有時做短期的四、五天就回來，也有一直住兩個月或三個月的，最近一年以上的長期契約也不少。

在「協榮家政婦會」中，為了做完工作回來的會員，附有公寓式的宿舍，一個房間大約住四個人。這裡的會員雖然超過百人，不過因為在別處人家工作的人很多，留在宿舍裡的，只有健康受損的人，或是因疲勞需要休養的人。

因為畢竟是在別人家裡工作，心情拘束又耗費體力，必須要休息兩、三天。也有人離開幫傭的家後搭計程車回來，就是不想搭電車或公車，因為很疲勞，而且搭計程車也是解放之後唯一的奢侈。

宿舍的餐費是早餐五十圓，午晚餐一百圓。會長以會費的名目，要會員繳交薪資所得的八成。

由於有勞動省的執照，結構上不能做出那麼過分的壓榨，但這部分也有會員會因為人情，想討好會長，而拿出剩下的部分作為謝禮。

會員全都只限單身者。如果有丈夫，丈夫打電話去妻子工作的地點找她，或是中途把她帶回家，都會產生糾紛，因此夫妻敬謝不敏。也沒有太年輕的女子，最年輕至少都要

二十八、九歲，年過五十的女子也不少。

關於工作地點，會長會分配人選，例如僱用者若是單身男性，就會優先考慮派五十歲以上的女子過去。

在宿舍裡，主要都在聊之前工作過的家庭的事。與其說是聊，其實是說壞話；她們全都知道每個家庭的內幕，就算只住兩天，憑著她們的嗅覺，也能把那個家裡的秘密幾乎都聞出來。鬱積的不滿、嫉妒與人格遭到無視的被虐心理，使她們口出惡言。

聽了她們說的話之後，她們所工作的中流以上的家庭，簡直比小說還要有趣。在這種情況下，她們謾罵的對象都是那個家中的主婦，幾乎沒有例外。

可是在這種時候，河野信子不太會說自己的事，因為她會側耳傾聽同事的傳言，所以也不是完全沒有興趣。就算有人說：

「妳也說點什麼嘛！」

她也只是露出遲鈍的眼神回答：

「我去的地方，一點有趣的事也沒有。」

河野信子不像其他同事有小孩，因此也不需要寄生活費，而且她也沒有喜歡的男人，錢不會被拿走。她回到家政婦會時，只是偶爾會去看場電影，她不買衣服，也不吃奢侈的大餐。她應該是在存養老金吧？同事間如此互傳著。

實際上，信子存了不少錢。婚姻破滅時的一文不名深深銘刻在她心中，因此未雨綢繆，以備不時之需。說到不時之需，她最擔心的是生病。

因為她沒有親人，所以必需要有用在照顧或其他方面的錢。正因她只為了錢工作，所以比別人更能加倍感受到金錢的必要性。儘管同事之間彼此的親密度加深後，

「等妳生病了，我會無償照顧妳。」

其中也有說出這種話的人，但目前為止還沒見過實際案例，因此信子也無法輕信。再怎麼說，要別人照著自己的話做事，就得靠錢的力量。

信子不是愛講話的人，在陌生的家庭之間轉來轉去，讓她變得更加沉默寡言。其中一個原因，也是因為這個職業的訓練。

所謂的家政婦，必須是那個家庭中宛如影子一般的存在，立場和住在家中的女傭不同，某些情況下還會被家中的女傭使喚。因為是付出高額工資（以僱用的主婦的想法）僱來的，就拚命把工作推過去吧，大致說來每個家都是這麼想的。

家裡的女傭不做骯髒的工作，讓家政婦得從洗衣服開始，到處做打掃房子四周或洗浴

室等等瑣碎的事情。在這種情況下，家政婦也只能在心中喃喃唸著八百五十圓、八百五十圓，拚命咬牙忍耐。

信子身為一名細心的勞工，不管哪一家都把她當成寶貝，所以有時之前僱用過她的家，還會特地指名要她，但是在大多數的情況，由於她很少閒著沒事，所以也不太會去同一個家庭。而且信子對於之前待過的家，沒什麼興趣。

沒有興趣是怎麼一回事呢——

也就是說，去一個又一個的家庭待著，並發現那個家的不幸，是她的樂趣所在。每個家庭都必定會有不幸的事，即使家庭的內容或性格上有所不同，也絕不可能總是風平浪靜。

就算外表看來再幸福不過的家庭，也一定會有不幸存在。

有的家庭可以馬上判斷出來，也有的家庭要一陣子才感覺得到。這種發現讓信子悄悄感到愉悅。因此，一旦知道一個家庭的不幸，她就沒興趣去第二次，也沒有新鮮感了。

從某種意義上來說，信子或許可以說是個人生觀察家。

她一邊洗衣服、煮飯、打掃，一邊不間斷地豎耳靜聽家中動靜，像是那個家裡的丈夫的動作、主婦不理性的話語；如果有公婆同住的話，還有婆媳的對立；如果有孩子，也會仔細觀察孩子的不良癖性等等。

如果事態不嚴重的話也沒關係。即使從些微的現象，她也可以擴大自己的推測，奇妙的是，事實總是會被她料中。這除了是三年的經驗以外，還加上她的直覺。

她一開始到別人家去的時候，總會帶著家政婦會的介紹信。那是會長寫的簡單介紹文，大體上只是制式的內容，就是希望每週休息一天，工作到晚上八點為止，若有臨時活動，或勞務過重的場合，希望能給予相應的報酬等等的要求。

依據勞動省的規定，僱主可以從一天平均八百五十圓或八百六十圓的日薪中，減去家政婦的餐費。可是每個家政婦會對此事都隻字不提。另一方面，若派遣家政婦不對那個家庭的意，隨時都會派代替者過去，介紹信上也會寫有這些對客戶表現出會長誠意的語句。然而，雖說會派代替者，但在缺乏家政婦的現在，那已形同空口白話。

最初拿出那封介紹信後，大多數的主婦都很和藹可親。但歡迎的背面是警戒；所謂警戒，也可說是那個家庭的防禦。錢有沒有少？物品有沒有壞？工作上是否陽奉陰違？從這些事，到臨時受僱的家政婦會不會向外宣揚家中的隱私？這些都十分小心謹慎。

主婦的態度也是，只會對家政婦客氣兩天，之後就會直接用命令的了。不過幾乎在所有場合中，年紀大的主婦可說是最會任意使喚人，這是由於延續了戰前對「女傭人」的觀念，這類的人也常會無視人格。與此相比，年紀比她小的主婦都很客氣。這大概是戰前與戰後教育的差別吧？

但是，實際上說來這也只是外表而已，在奸詐狡猾上，有時年輕人比年長的主婦還厲害，而且年輕人認為十分合理。

舉個例子，在大部分的家中，就算她下午才要過去，或是對方下午才有空，還是會付一天的工資，也會給小費；然而年輕的主婦中，也有人堅持只付半天工資。

河野信子去稻村達也家的時候，大約是四月中。

會長告訴她，那個家位在青山的高樹町，屋主是某大學的教授，家裡有一名八十歲的老婆婆、以及三名最大是中學二年級的男孩。屋主四十二歲，妻子三十八歲。

「哎，以上班族來說，從這樣的地方僱用家政婦，會很吃緊吧！」

胖得像一隻白豬的會長說道。實際上，養家之餘每月還要付超過兩萬圓的支出，普通上班族根本無法負擔，所以她幾乎沒去過集中住宅區。

「家人有點多，妳要去看看嗎？」

「家裡有女傭嗎？」

「太太說她一個月前回家了，之後就沒再僱用，希望在我們的會員去工作的這段時間內，盡量早點找到……雖然是透過電話，不過她的聲音聽起來蠻世故的。」

河野信子在第二天早上見到稻村達也的妻子。她約在八點的時候前往對方的家，家中不知為何很混亂，那是在送丈夫與孩子出門前，混亂的用餐時間。家中有一個小而雅緻的西式客廳。稻村教授之妻春子脫下圍裙，頭髮也沒梳就來了。

「妳就是河野小姐嗎？」

春子看著會長的介紹信說：

「真是救了我呢。不，一個月前，長時間待在我家的女傭，因為女兒結婚而回老家去了，之後就找不到人。外子到處拜託，可是沒有辦法立刻找到。我家的家人很多，各方面都會很麻煩，還請妳多指教。」

河野信子簡短地寒暄一下，接著便在主婦的帶領下，進入屋中一間三疊榻榻米的房間。之前的女傭回家後，這裡好像變成倉庫，不過因為昨晚決定有家政婦要來，還可以看到匆忙收拾的痕跡。

信子馬上在房間裡打開行李箱，換上毛衣與裙子，穿上圍裙。

準備好之後她走去飯廳，孩子們把飯菜吃得到處都是的飯碗亂七八糟地擺在餐桌上。

「每天都是這個樣子，所以我一個人實在忙不過來。而且還有老人家在。」

春子邊說邊帶她去看廚房，告訴她存放各種用具的地方。有一台外型稍舊的冰箱，廚房角落還有一台電動洗衣機。

——說到電動洗衣機，河野信子有個有趣的經驗。在某個公司重要幹部的家中，玄關附近放了一台很棒的新型電動洗衣機，似乎剛買不久，外表還閃閃發亮，她還以為這是個很照顧人的太太，結果主婦命令她洗衣服要用洗衣板手洗，藉口是手洗比用電動洗衣機還能洗掉污垢。

既然如此，放在玄關附近的電動洗衣機是做什麼用的？也就是說，那是給來訪客人看的裝飾品。這個稻村家的電動洗衣機外型老舊，也相當髒，信子於是放心了。

此時，走廊傳來男子低沉的聲音。

「喂，我要出門了。」

妻子春子（不過春子這個名字也不是她本人告訴信子，是兩、三天後從屋主的話中才知道的）趕緊打開隔開廚房的彈簧門，說道：

「親愛的，家政婦會的人來了。」

「啊，這樣啊。」

河野信子整理好圍裙前面，跟在春子後頭走。

一名身材高挑的男子，提著公事包站在微暗的走廊上，他身上穿的衣服很高級，品味也不差——河野信子由於走遍各式各樣的家庭，對一家之主的物品很敏感，也就是說，家主的穿著，如果和家裡的程度落差太大，她就知道這個家庭實際上是貧困的，若程度幾乎相同，則可得知相當富足。在這個場合，稻村家是屬於平衡的那種。

信子在春子的介紹下問候家主後，他輕輕低頭。

「嗨。」

春子暫時拿走丈夫手中的包包，送他到玄關。

信子有點不知道自己該做什麼才好，畢竟是第一天，她於是跟在春子後面一起送行。因為是舊式的房子，玄關很大，旁邊的鞋櫃上還擺了一盆插得不太好的花。可是，在暗淡的光線中，半開百合的純白使她感到高興。

「那，我走了。」

家主拿去妻子手中的包包，也瞄了在她後面的信子一眼。

細長的臉上，頭髮已經摻雜白髮，眉毛粗，顴骨和鼻樑都很高，是所謂輪廓深邃的五官，眉間的縱向皺紋也讓人印象深刻——這就是河野信子首次見到的稻村達也。

2

在這個家中，有中學二年級的正一、小學五年級的明次、與六歲的三男健三郎三個孩子。

春子是很重視外在的人，身為教授妻子的意識似乎始終在她的頭腦裡。對於信子，她充滿威嚴與慈愛，可是信子在三十分鐘之內，就明白那是她裝飾自己的虛榮。春子對於信子使用高級住宅區的上流家庭用語，似乎感到非常滿意。如何靈活使用那種用語，是信子辛苦學來的，在某些情況下，因為傭用家庭的主婦不同，恭敬的詞彙有時會招致反感，在那種情況，信子會看主婦的臉色，改成較為平民大眾的用語。

春子帶信子去看家主位在二樓的書房，書房裡有大書桌和頂到天花板的書櫃，大量書籍塞滿到頂，書背的燙金文字閃閃發亮。書桌上整齊地疊著幾本書，原稿用紙也攤開放著。

「外子在做很難的學問。」

春子洋洋得意地說：

「這張書桌上的書就這樣放著，請別用手去碰。外子很一絲不苟，就算只動了一點點，只要位移了，他就會罵我。」

書上幾乎都是橫向的西洋文字。

信子知道限度後感嘆道：

「尊夫的工作真是辛苦。這還是我第一次來到學者的家呢。」

說罷，她露出一副睜大雙眼的表情，她對於這時候該做什麼表情也很有心得。

「哎呀，是嗎？……可是，雖然都是學者，也有很多不同的類型呢，比較起來，外子可是社會上有名的學者喔。」

春子相當憐憫信子的無知，以啟蒙似的語氣對她說。

「外子平常幾乎都過著學者的生活，所以不太明白社會上的事。」

「哎，是嗎？」

「真的到了有點奇怪的程度……就算在家裡，也會研究到三更半夜，再來就只有去學校吧？同時他有時會去各地的演講會，有時會被叫去出席座談會，一點都不得閒。」

「那還真可憐。尊夫的癖好是什麼呢？」

「癖好？」

春子微微蹙眉。

「哎，抱歉，就是指嗜好。」

「這樣啊，請妳就說嗜好就好，我不喜歡癖好那個詞……這個嘛，也沒有什麼特別的嗜好。他沒什麼變化，好像我很沒意思似地……」

「哎，太太，您很幸福呀。我因為服務過很多家庭，很清楚讓太太哭泣的丈夫是怎麼樣的。」

「哎，是嗎？」

春子眼中忽然閃閃生輝。

「改天說給我聽吧！」

春子帶信子去下一個房間，那裡像是春子的起居室，周圍以人偶裝飾，有一張女用桌子放在窗邊，不過看起來很新，似乎不常用。

「這個房間是我的城堡。我家小孩很多吧？而且還有奶奶在，一點都不能放鬆。所以在做完許多工作後逃進這裡，真的讓我鬆一口氣。」

「老奶奶幾歲了呢？」

她從會長那裡聽說是高齡八十，不過初次來到這個家，盡量裝做不知道比較好。

「八十了……還活得真久呢。」

「哎呀，太太，那不是很好嗎？那是太太的母親吧？」

「不是，是的話就好了，那是外子的母親。我嫁進來之後，都不知道被奶奶弄哭多少次了，她難伺候，心眼又壞，還會故意找麻煩。妳也是，就算奶奶叫妳做很多事，妳也要放聰明一點。」

「是的。」

「不然妳的身體會吃不消的。啊，我忘記重要的事了。妳去奶奶那裡時，她一定會對妳說一堆我的壞話，她如果不說那些就活不下去。妳可不能當真喔。」

「太太，請放心，我也曾經在有那種難伺候的老人的家中工作過。」

「這樣啊。」

春子的眉心稍微展開。

「妳曾在很多家裡工作過嗎？」

「是的。」

「妳不可以把我家的事對別人說喔。」

「那是當然的，太太，我們這種工作和醫生或律師一樣，在職業上必須守密，這我絕對懂的。請您放心。」

不知這種說法是否讓春子聽起來有些做作，只見她皺起眉心。

不久後信子就知道，儘管春子用字遣詞很優雅，不過個性也很吝嗇。推銷員送來的物品價格都很高，而且不知不覺付出的款項會愈來愈大，所以那個一定要拒絕。她會讓信子去市場買當天的菜，但要按照需要，例如買三個馬鈴薯或兩根蔥就不要猶豫。若是有點貴的東西，一定要放上磅秤秤重量。

洗衣服方面，春子說交給洗衣店不好，必定交給信子的雙手。信子最初來到這個家時，因為有電動洗衣機而放了心，但大致洗了之後，春子檢查衣物，命令她要用手多搓一搓領子和袖口。因為這個家裡有很多孩子，始終都得洗內衣褲。除此之外，還有八十歲老奶奶的衣物。

老奶奶被關在這個家內部四疊半榻榻米大的房間裡。

雖然除了駝背之外幾乎沒有障礙，但這位老奶奶不斷說她頭痛。然而告訴春子之後，春子說老奶奶的頭痛是自己亂講的。

「她明明每天都活蹦亂跳很有精神，想偷懶的時候馬上就會頭痛。妳也是，不要太把奶奶說的話當一回事，她馬上就會得意忘形了……還有，那個老奶奶，不管誰來都會立刻說我的壞話，那是一種被害妄想，她只是自己擅自在腦子裡想那些事並感到開心罷了。老人這種人都不理會家裡的人，一有陌生人來就會撒嬌。」

那位老奶奶，前額幾乎都禿了，露出整個額頭，只有後面才有一些白髮，剪了頭髮之後，像是失去前面毛髮的河童。

「我媳婦的脾氣不好，妳也要多小心喔。」

老奶奶壓低聲音對信子說。

「她之前不是那樣的，不過慢慢變成了很過分的女人。我連看到她的臉都討厭。我死的時候，連後事都不想給她來辦……對了對了，她會想為難像妳這樣的人喔。錢的話，我有留著兒子給我的零用錢，這件事我沒告訴我媳婦……兒子也是，以前雖然很孝順，但那個媳婦來了之後，整個人就變了個樣，給老婆管得死死地，什麼事都順著她……不，孫子一點都不可愛。因為媳婦只會擺架子，什麼都不會，所以孫子也都是廢物。哎，妳只要在這個家裡待上三天，就會明白我說的話了。」

這個家確實不幸。家人變得四分五裂。就旁人的眼光看來，春子似乎是一家的中心，但孩子和母親不親，不只最小的六歲么子，中學與小五的兒子也反抗母親。

長男正一好像有點品行不良。春子雖然沒有說，但從老奶奶的話中，春子好像會被叫去學校，三不五時就受到注意。據說是暴力分子，是同學間的老大。信子從沒見過正一讀書的模樣，他好像也偷偷抽菸。信子在整理正一的房間時，還發現過塞在空盒子裡的菸屁股。

次男明次，則是沉迷這陣子流行的塑膠模型。

他現在常做的是軍艦，戰艦、巡洋艦、驅逐艦、連潛水艦都有。明次的房間滿是那些材料，快乾膠黏得到處都是，打掃的時候，剝掉那些膠也是一件苦差事。而且為了讓軍艦浮起來，明次還叫信子在浴缸裡放水。

那種事明明自己去做就行了，不過這個孩子除了做船之外，連把左邊的東西移到右邊都懶。女傭是為了給孩子使喚而來，他好像是在這樣的教養下長大的。

在浴缸裡放水雖然不需要用到什麼力氣，但是很麻煩。舊式鋪瓷磚的浴缸上方有水龍頭，只要轉開就行了，可是明次卻無論如何都不肯自己做。光是那樣也就算了，他還從冰店買來木屑，撒進浴缸的水裡，似乎是想用浮在水面上的木屑，來表現出軍艦航行時乘風破浪的狀態。之後的清掃非常辛苦，浴室都像冰店的倉庫一樣到處是木屑。

春子沒有制止那種行為，反倒是她自己進浴室時若有木屑殘留，就會皺眉說打掃得不夠仔細。三男健三郎是個壞心眼的孩子，會拿玩具弓箭到處亂射，紙門被射得滿是破洞，春子也只是簡單地罵了健三郎，再馬上命令信子更換門上的紙。可是新的紙門也無法在健三郎的弓箭下保存五天。信子若稍加斥責，像是她蹲著洗衣服時，健三郎就會就會從後面用弓箭射她的屁股，或是拿有洞的舊橡膠球裝水，突然從旁邊噴她的臉。如果對健三郎說「你該這樣那樣做」，健三郎必定會厭惡地反對，而且他伶牙俐齒到狂妄得不像是個六歲小孩，還叫信子「喂」。

如同老奶奶所說的，三個孩子都是廢物，尤其是健三郎賣弄小聰明又傲慢，讓信子忍無可忍。他那不像孩子的口吻，毒辣得讓大人火大，那種非常不像小孩討人厭的說話方式，應該是春子背地裡教的吧，信子甚至如此猜疑。

家主稻村達也每晚都在八點左右回家，那是平常的日子，如果有演講或座談會，則會在十一點左右回來。如春子所言，有時他也會被叫去外地。

稻村達也從晚上回家到十二點左右，每天晚上都在寫東西。偶爾會有出版社的人過來，從這一點來看，那應該是要在雜誌上發表的原稿。信子曾經一度從自豪的春子那裡拿到稻村達也寫的評論來看，但上面很多西洋文字，她看不懂。

稻村是個認真的男人，幾乎沒有在外面喝酒，就算待在家裡也沉默寡言，不太說話。

或許因為丈夫是那樣的人，所以春子才那麼愛講話。就信子所看到的情況，幾乎都是春子好像在背後熱烈鼓動丈夫。就算有客人來，春子也會雞婆地說出工作的事，雖然客人是有事找家主而來，卻有一半以上的時間得和春子說話才能回去。稻村像個十分客氣的客人一樣，坐在旁邊聽著春子喋喋不休地說話。端茶過去的信子常常聽到英語從春子口中脫口而出。

春子絕不讓出版社派女編輯來。有一次，年輕女編輯只不過在客廳與稻村談了三十分鐘之後離開，春子就忽然把總編輯叫出來：

「今天早上來的那位姓XX的女編輯，是怎麼樣的人？事情都談完了，還聊上大約四十分鐘才走！那種女人很讓人困擾，下次請派別人過來！」

稻村達也很敦厚，完全以妻子馬首是瞻，雖然信子明白知道他不是養子，但以旁人的眼光看來實在心煩。

話雖如此，信子之前也不是沒有在這種家庭裡工作過。可是那是因為家主在年輕的時候，妻子的雙親曾出錢讓他能畢業，此外也有娶上司女兒的家主。

稻村教授到底對春子有多自慚形穢，這是信子感興趣的地方。

不過，春子倒很歡迎年輕學生來訪。稻村教授的五、六名學生，每週大約會來一次，在聚會的前一天，春子就會要信子去買水果或甜點，十分熱鬧，當然春子也會出現在席間，雖然不是從一開始就在，不過她會親自端著紅茶之類的東西進去。

「哎呀，真是熱鬧呢！」

她會如此說道，然後直接坐在丈夫旁邊。她也記得學生的名字，看樣子好像偏愛其中兩、三人，還會特地配合那些學生的喜好買東西。學生也心裡有數，都師母、師母地叫著親近她，春子也滿足地露出開朗的微笑。女學生在這裡也是禁止的。

因為這些事情，這個家非常忙碌。信子認為春子當然會找不到女傭，就算她說現在正託人找合適的人，但也總不見人過來。一樣拿八百五十圓，在這種家裡長時間待著，實在不是一件值得感謝的事。在這段時間裡，信子還考慮過要裝病之類的，要家政婦會派個會員來代替她。

可是，還沒在這個家裡發現決定性的不幸，信子只好打消念頭。

信子來了之後，過了兩個星期。那一天，十一點左右她終於上床休息，但因為口渴，於是悄悄去廚房喝水。這時，她聽到夫妻嘰嘰咕咕的談話聲穿過紙門透出來，其中有一句「這次來的家政婦」，因此信子馬上豎起耳朵。

「這次來的家政婦很精明，讓我很困擾哪！」

春子的聲音說：

「在我沒看到的地方，她好像很會偷懶，雖然她一副好像都有在好好做事的樣子，可是完全沒在幫忙。因為那個家政婦去過很多人家當傭人，所以很老油條，一聽到我的腳步聲，就馬上趕緊整理那附近，或是去拿要洗的衣服，還故意發出大聲音，讓我看到她有在好好做事，可是我已經看穿她的小技倆了。還有，孩子們也討厭那個家政婦。她在我面前會照孩子說的去作，可以好像背地裡會嚴厲斥責他們。而且她老是去奶奶房間，我好像聽到她們在說我的壞話。我最討厭那種女人了，還要付那麼貴的工資，像白癡一樣。雖然因為找不到人所以沒辦法，但如果有人來代替她，我當天一早就會叫她走路。喂，老公，之前拜託本田先生找的女孩，還沒找到嗎？」

稻村達也壓低聲音，嘰嘰咕咕回答了些什麼。

「要是再那樣磨磨蹭蹭地，事情就無法解決了啦！到處都缺女傭吧？總之我拜託你快一點啦，這次的家政婦，在我不在的時候，會把冰箱裡要給孩子的東西吃掉，或是在家裡毫無顧忌地四處看，好像想要什麼東西。是個不能掉以輕心的女人。」

信子偷偷回到自己床上，滿肚子火的她，好一會兒睡不著。

3

信子聽到主婦春子暗中罵她的話，昨晚幾乎無法成眠。

每個家庭裡的主婦都會說家政婦的壞話，這點大致上是相同的，信子也早就察覺到這點，然而雖說是偷聽，但信子還是頭一次如此清清楚楚聽到自己被罵。春子說，「我最討厭那種女人了」；儘管如此，她在信子面前依然用惺惺作態的語氣，擺出一副賢淑懂事的太太的模樣。因為露骨地知道她表裡不一的性格，信子下定決心，在離開稻村家之前，一定得用某種方式還以顏色才行。

第二天早上，信子一早起床準備早餐；當她在打掃的時候，春子揉著睏倦的眼睛走出臥室。

「太太早安。」

信子這天早上故意恭敬地鞠躬。

「早。哎呀，早餐已經準備好了，好早喔。果然沒有妳在還是不行，之前的女傭都太年輕了，不是很細心。妳真是幫了我大忙。」

和信子想的一樣，春子毫不害臊地正面稱讚信子。信子感覺到血液往頭上衝，不過還是回應她的問候說：

「哪的話，我總是沒什麼用。」

信子原本想用更諷刺的話回她，不過那樣她的意圖就會被看穿了。在對方沒注意到的情況下報復，是她的目的。

春子的眼睛有點腫，那一定是因為她對丈夫說了很多信子的壞話，晚睡了的緣故。要去上學的孩子們起床過來，開始吃飯。信子一邊裝便當，一邊照顧孩子，一時之間彷若戰場。

春子終於換下睡衣穿上圍裙，趕來照顧孩子。較大的孩子們打從心底把信子當傭人一樣瞧不起，也沒有好好向她說話，而是只有在有事叫她時才用命令的語氣，毫不留情。

對於這樣的孩子，信子有好幾個報復的方法，例如她現在正在裝的便當，若是單純的做法，就是故意把焦掉的飯鋪在下面，或是少放點菜這些方法，不過這馬上會被發現，之後就會來抱怨。更不會被發現也更徹底的方法，就是在便當菜裡吐口水。這個就算當事人吃了也絕對不會發現。信子在中學與小學的孩子的便當裡吐了等量的口水。

不過，最傲慢的是六歲的健三郎。這孩子大概因為是么兒，在教養過程中被寵壞了，明明只要稍微伸手就能拿到東西，卻一定要叫信子去拿，他也不是叫信子「阿姨」而是叫她「歐巴桑」，那叫法一點都不可愛。要是稍不如意，就會對信子破口大罵，稱呼馬上變成「笨歐巴桑」，還會從背後朝她丟東西。很奇妙地，這些舉止裡感受不到幼稚的孩子氣。

有一次他們一起吃飯，健三郎凝視信子的臉，說：

「歐巴桑，妳的臉為什麼那麼醜？」

一旁的春子不禁發笑。

信子不認為自己是被一個孩子嘲笑，而是認為自己被一個普通的男人認真地嘲笑自己難看的長相。他說話的語氣老成，令人厭惡。信子當時沒辦法只能苦笑，但其實頭腦裡大為光火。對此，春子沒有責罵健三郎。不管孩子做了什麼，春子都假裝沒看見。信子只能認為那是隱藏在春子心中對信子的反感，讓孩子做出代償行為。

另一方面，家主達也幾乎不關心信子。他既不像妻子春子一樣有要掩飾的地方，也沒有架子，在這一點上，他就像學者一樣淡泊。說起來，信子比較不會應付這種人，因為什麼都不說，所以也不知道他在想什麼。明明看著信子，他卻仍是不理睬的態度。他會在二樓那張大書桌上寫東西寫到半夜，也會看大量的書。

這個稻村達也的書房，桌上當然井井有條，書櫃也整理得很整齊。那些他本人自己會整理，所以春子吩咐信子千萬不要碰。雖然春子說是因為外子很難伺候，但從信子的眼中看來，那只是春子刻意要她那麼看待達也，實際上似乎不是如此。即使他確實寡言，但以他的個性，其實他都被春子牽著走。

春子喜歡像那樣對家中大小事務施加權威。昨晚明明說了壞話，今天早上卻若無其事地用溫柔的眼神看信子。可是信子不會被騙，也不會原諒春子。她絕不表露心情，而是露出感激春子的親切似的表情。

信子最希望的不幸因子，確實存在於這個稻村家中，只是隱藏在細微之中，信子還沒有能將之揭發出來利用的線索。

信子刻意親切地對待在後面房間裡的八十歲老奶奶。

「誒，妳啊，如果我想僱用像妳這樣的家政婦一個星期，要花多少錢？」

老奶奶如此問道。

「一天八百五十圓，所以剛好六千圓左右吧。」

「那，從現在開始，我得開始存那筆錢了。」

「奶奶，妳怎麼了嗎？」

「沒事，我死的時候不想麻煩春子。如果是像妳一樣親切的家政婦，我希望死前能把身體交在妳的手上。因為那種囂張的媳婦，恐怕連幫個忙都不願意吧。」

信子雖然想去老奶奶那裡，但春子監視著那裡，除了送三餐過去之外，她不太能夠靠近。於是老奶奶時常大聲呼叫。

「啊啊、啊啊、啊啊！」

信子以為她出了什麼事，老奶奶用額頭磨擦榻榻米，雙手按著披散的白髮。

「奶奶，怎麼了？」

信子問道。

「好痛苦、好痛苦！」

老奶奶用好像現在馬上就會死一般的聲音叫著。信子一時之間不知該如何是好，於是說：

「奶奶，那我現在立刻打電話叫醫生。」

她說了之後，奶奶的聲音停了，然後抬起頭對信子吐舌笑道：

「要是我不這麼做，妳就不會過來。」

接著她開始綿延不絕地說春子的壞話。像是那個女的很不要臉啦、儀容不整啦、亂花錢、愛慕虛榮、不會養小孩、不懂禮貌、沒有教養——各式各樣的辱罵，接二連三從老奶奶沒牙的口中飛出來。

此時聽到踩著榻榻米的腳步聲，老奶奶再度低下頭。

「啊啊，好痛苦、好痛苦！」

她哭著說。

拉門打開，春子探頭進來。

「奶奶，妳怎麼了？」

「好痛苦、好痛苦啊。信子小姐，我好像要吐了，請拿臉盆過來！」

春子就那樣站著一會兒，往下看老奶奶的狀況。

「乖乖別動就會好了啦。」

她丟下這句話，砰一聲關上拉門，門的另一邊傳來離開的腳步聲。

「就是因為那樣啊。」

老奶奶若無其事地抬頭。

「我死的時候，總覺得不知道會遭到什麼樣的對待哪。誒，信子小姐，到那時候，我會親自打電話叫妳，請妳要來喔。」

「是，我會過來的。」

「真的，達也也很困擾。那種女人，他到底喜歡她哪裡啊？」

「咦？奶奶，老爺和太太是戀愛結婚的嗎？」

「雖然我不知道是怎麼樣，達也年輕的時候，忽然就帶那個女人回來，因為她抓住我的雙手拜託我，所以我勉為其難答應了。婚禮的那個晚上，我看到那女人穿婚紗的表情，就心想，啊，這下糟了，我要給這女人欺負一輩子了。」

「不過，如果老爺喜歡，那不就好了嗎？」

「可是，達也現在已經完全受不了媳婦了不是嗎？」

「我看不出來耶？」

信子忽然產生興趣。

「我是這麼想的啦……」

一說到兒子的事，老奶奶的話就停了。另一邊傳來春子呼叫信子的聲音，信子向奶奶打過招呼，正要站起來時，

「不要那麼急嘛，因為那個女人很小題大作。」

奶奶還是不忘說媳婦的壞話。

春子在廚房故意開很大的水聲洗碗。她明明很少那麼做，顯然是在諷刺在老奶奶那裡待太久的信子。

「哎呀，太太，那個我來就好。」

信子擺出一副慌慌張張的樣子說。

「奶奶怎麼樣了？」

春子挖苦地問。

「好像比較好了。」

「那是當然的啊，因為她是裝病。反正就是把妳叫過去，說我的壞話給妳聽吧？」

「不，太太，奶奶沒有說那種話，她是很得意地說老爺的事。」

「明明發出那種好像要死掉的聲音，還能說那種閒話啊。」

信子心想不妙，但她無法掩飾。春子把之後的工作交給從旁伸手過去的信子，粗魯地用圍裙擦手。

「信子小姐，我待會兒要出門一下。我要去銀座買小孩的東西。」

「是的。」

「在那期間，請妳多看著奶奶。」

春子似乎還餘憤未消。

「太太，因為奶奶只有一個人，所以很容易發脾氣吧？到了那個年紀，就會和小孩一樣嘛。」

「她比小孩還要難搞。」

春子此時終於修正對信子的指示。

「妳也隨便聽聽就好了啦。我指的當然是奶奶說的話。我已經被聽過的人轉告過好多次了。剛才的裝病也是其中之一，妳明白吧？」

「是的，我很明白。」

信子笑道。這個笑容好像讓春子心中的印象變好了，她走進自己的起居室，換上和服後出門，不過那件和服是洗過多次的高級品鹽澤紬，這點沒有逃過信子的目光。

信子草草整理了那一帶，然後去看老人的房間。

「春子出門了嗎？」

老奶奶問道。明明耳背，玄關木格門的聲音卻聽得一清二楚。

「妳在我這裡待那麼久，春子有說什麼冷嘲熱諷的話嗎？」

老奶奶堆了眼屎發紅的眼睛，目不轉睛地盯著信子。

「沒有，沒說到那種程度。」

「那女人的秉性很惡劣。現在她出門去，說是要去銀座買孩子的東西吧？」

好令人吃驚的洞察力。

「是的，就是如此。」

「那是她的說詞，真的去哪裡還不知道。」

「哎，奶奶，這話是什麼意思？」

信子露出溫柔的眼神，伸出一邊膝蓋。

「她是去找男人了。」

「咦？」

信子真的吃了一驚。

「春子她啊，瞞著達也，去喜歡的男人那裡了啦。」

「是喔？那是怎麼樣的人？」

「是春子學生時代的朋友。她嫁進我家的時候，還和那個男人很親密，那段情還藕斷絲連，偶爾會找藉口去見面。現在對方多半是某公司的課長吧。」

「不會吧？」

老奶奶愉快似地看著信子吃驚的表情，

「想不到吧？這就是那女人狡猾的地方。表面上裝得一副賢妻良母的樣子，可是為什麼、為什麼，她既不粗心大意也沒有空隙可乘。達也好不容易工作存下來的錢，都不知道有多少給她拿去進貢給那男人了。」

「老爺沒有發現嗎？」

「我兒子都被老婆坐在屁股下，眼睛跟瞎了一樣。」

「奶奶妳跟老爺說過那件事嗎？」

「啊啊，說過了喔，因為我愛我兒子啊，不能坐視不管。可是我兒子笑著說，怎麼可能有那種蠢事。簡直就像是在說我說謊，說媳婦的壞話搬弄是非。沒救了。我兒子以前不是那樣的，因為春子的緣故，整個人都變了。相比之下，春子的妹妹壽子嫁給世田谷的上班族，雖然器量也不好，可是很有教養，事到如今，我總想如果我兒子跟那個人一樣就好了。」

「外遇的男人……不，如果太太真的有一個喜歡的男人，他在哪間公司上班？叫什麼名字？……問這種問題或許不好，可是我是站在奶奶這邊的。」

「這樣啊……」

老奶奶又紅著眼看信子，

「有時間我再告訴妳。」

她用很秘密的聲音說。信子很失望，她還無法判斷這件事究竟是老奶奶掌握真相所說的，還是討厭媳婦才捏造的。如果春子多少有一點那種跡象，這正是信子津津有味鎖定的目標。

房子另一邊傳來孩子大叫的聲音，是么子健三郎。信子趁機走出老人的房間，看到廚房發出紅光，吃驚地走進去，只見健三郎在櫥櫃上堆疊報紙點火燃燒，就連信子也慌了起來，拿起洗碗後留在水桶裡的水潑上去。

「很危險耶，健三郎少爺。為什麼要做這種惡作劇呢？要是變成火災了怎麼辦？」

櫥櫃上焦黑的報紙碎片變成灰燼飄落地板。

「才不會變成火災呢！」

健三郎嘟起嘴巴，用惹人厭的語氣說。

「等你媽媽回來，我就要告訴她喔。」

「媽媽才不會相信妳說的話。我都聽到了喔，妳是個性格很壞的女人。」

他一邊嘲笑信子，一邊繞著她跳。信子一想到那是經由春子的口傳達給孩子的，又吃了一驚，不過她咬住嘴唇忍下來。信子不理會健三郎，用其他報紙把焦黑的報紙包起來，要等春子回來之後給她看。

接著她拿抹布擦拭櫥櫃邊緣，突然，剛覺得有個東西碰到她的背，後方就發出閃光，她嚇一跳轉身，健三郎一隻手的指尖正捏著燃燒的火柴棒。他是用那根火柴磨擦信子的腰帶來點火的。健三郎手上握的是一根美國製的火柴，信子想起她常在西部劇之類的電影裡看到的，磨擦鞋跟就能點火的火柴，健三郎手上拿的就是那個。這孩子是從哪裡拿到的？

她看著那個火柴一會兒，忽然展開笑容。

「哎呀，少爺，那個火柴好厲害喔，不管磨擦哪裡都會起火嗎？」

「嗯。不管是柱子、地板、還是妳的和服，只要磨擦了就會起火喔。」

「真不可思議，我第一次看到呢。」

「妳看，就像這樣。」

健三郎一被誇獎，心情就變得很好。他拿出一根新的火柴，磨擦櫥櫃點火給她看。

「真的好厲害喔……」

信子的頭腦中閃過一個想法。

4

過了四點，春子從外面回來了。雖然她提著百貨公司的紙袋，不過表情有點疲倦。信子聯想到隱居房間裡的老奶奶所說的「我媳婦另外有個喜歡的男人，她今天肯定是去找他」這番話，不由得看春子的表情，不過光看那張疲憊的面容，她什麼也判斷不出來。

「有發生什麼奇怪的事嗎？」

春子把裝在紙袋中買回來的物品放在房間的角落，解開包裝的繩子問道。

「沒有，沒什麼特別的。」

信子原本想報告健三郎玩火柴的事，不過想了一下，立刻又改變主意。

她並不是想掩護那個惹人厭的小孩，而是因為她有其他想法。

「是喔。」

「太太，在外面走路很辛苦吧？」

信子親切地問道。

「是啊，最近交通很亂，離開市中心也是，轉乘的時候還真是受不了。而且在百貨公司裡走路也是累人，今天我在百貨公司裡繞了三圈，我總是被想盡可能買到便宜價格的貧窮本性影響哪！」

春子如此說道，露出優雅的笑容。

信子也認為春子說了很多沒必要的話，她認為春子為了隱瞞奶奶說的秘密，因此說了一些多餘的事，像是在辯白似地。

「對了對了，今天老爺也會早點回來，妳去做點什麼好吃的吧。」

接下來的兩個小時是信子的忙碌時間，春子也來幫忙，一邊下指令，一邊做出炸肉丸、玉米濃湯、煎餃這些不知該說是中式料理或西式料理的菜色。

健三郎偶爾會探頭進廚房，那是因為他擔心不知信子會不會把自己燒報紙的事情告訴母親，所以偷偷來看情況。不知情的春子單純地喝斥他：

「不要來廚房搗亂，去旁邊玩！」

並將他趕走。健三郎的目光從母親移向信子，知道她沒有打小報告之後，果然放心了。

健三郎看著信子的眼神有點不一樣，或許是孩子心中懷抱的感謝之意吧。

另外兩個孩子也回來之後，提著黑色包包的達也，板著臉走過客廳。

「哎呀，你回來了。」

春子心情很好。

「今天聽到你會早回來，所以做了很多好菜喔。」

她興沖沖地拿了丈夫的包包，幫他換衣服。這時候，達也明明沒問，春子仍然開朗地說著她逛百貨公司的事。信子一邊準備晚餐一邊聽到她的話，聽在信子的耳裡，只認為春子現在果然是在向丈夫辯白。

孩子們隨意吃得到處都是，之後拿出撲克牌來玩。

家主達也因為飯前小酌，所以慢點吃飯。他只喝一小壺酒，一點點慢慢啜飲，看起來相當從容不迫。那舉止彷彿將達也把話悶在心裡的個性充分表現出來，令人焦急。

所謂的學者，是否必須得要那麼從容不迫，才能勝任呢？信子的腦中浮現二樓書房裡堆積如山的文件和書櫃，想像著他孤零零地獨自在那裡看書或寫字。

這時讀中學的長男注意到現在是棒球比賽的時間，於是轉了電視機的轉盤。達也和春子喝完了酒，一面用餐一面看著球賽。電視播放的聲音，以及孩子們的喧鬧聲，讓房子裡十分熱鬧。

信子在廚房收拾碗盤，聽到玄關有人的聲音，就由走廊走去看，郵差將快遞丟在木板地上離開了。

信子看著那個茶色信封，是寄給達也的，後面印了「大東商事有限公司業務部」的字樣，是公司的信封。

信子直覺認為「稻村達也先生收」幾個字是出自女性之手。背面除了印刷的公司名稱之外，沒有寫名字。

她把那封信收入懷裡，回到廚房。她側耳傾聽客廳的狀況，好像大家都沉迷在電視轉播裡，好一陣子都沒有人會去廚房的樣子。為了洗碗而燒的水正沸騰著，瓦斯爐上的大水壺從壺嘴噴出蒸氣。

信子再度豎起耳朵聆聽客廳的動靜，然後從懷裡拿出快遞信封，把信封口對著水壺噴出的蒸氣，然後走到角落去，背對著廚房的門口，打開信封。乾掉的漿糊由於蒸氣的緣故變得又軟又濕，毫不費力就能捲起來了。

她做到這裡，再度將信封收入懷中，走去廁所。

信封裡有一張便箋。

「明天下午三點整請到東京車站十二號月台。我先去等你。明天晚上，請向家人找個理由，務必來住一晚。

富美代」

信子走出廁所後，急忙在信封口上塗漿糊，從上面壓住。

此時，達也走出客廳，春子正收拾著餐桌。信子在達也要走上往二樓的樓梯時，匆匆靠近說：

「老爺，剛才送來了這封快遞。」

說罷便把信封交出去。

達也拿了之後翻過去看，稍微皺一下眉頭，立刻收進懷中。

「啊，是喔。謝謝。」

那一瞬間，他看起來有些狼狽。他因為在意妻子，朝客廳的拉門瞄一眼。身材高挑的達也，以比平常匆忙的模樣走上樓梯。

「信子小姐、信子小姐。」

拉門的另一邊傳來春子的叫喚。

「是，馬上來。」

信子吐了吐舌頭。春子什麼都不知道。

達也有女人——

信封上印著「大東商事」，是那女人上班的公司嗎？還是偽裝？這點信子一無所知。她之前工作過的某個家裡，家主收到一封女人寄的信，上面寫著拘謹的公司名稱，結果那個信封上的公司名稱，其實是酒吧的別名。

像達也這種有事都悶在心裡的男人，居然也會外遇，信子不禁感到有點意外，不過她也能理解，畢竟身為教授過著嚴謹的生活，所以必須要有那種休息放鬆的一面。這樣說來，達也有時說要研究或有演講而晚歸，其實也不知道他究竟在做什麼。因為妻子春子打從心底信任他。

話雖如此，如果老奶奶說的話可信，春子似乎也有弱點，因此可說她沒有強硬的立場可以責怪丈夫的行徑。不論如何，不知道達也會不會去赴快遞的約。有點值得一看。

廚房整理完畢，信子也為明天早上做好了準備，要去客廳做睡前的問候時，透過拉門，她聽到達也與春子的聲音。信子停下腳步。

「之前拒絕了學校的研究會，不過又來問我了。這次沒辦法一定要去，日期兩、三天前已經決定好了，就是明天。」

達也用溫柔的聲音對妻子說。

「如果是水戶，就不能當天來回了呢。」

春子的聲音說。

「嗯。雖然不喜歡，但也得住一晚。畢竟也是前輩介紹的，沒辦法拒絕。」

「後天早上回來嗎？」

「嗯，我會盡快回來，希望能趕上下午開始的大學課程。所以我會直接去大學，回到家應該是傍晚了。」

「這樣啊。你辛苦了。」

那個冷淡的達也，居然擁有能對妻子耍手段的才能，信子知道這一點後，不由得對他重新看待。

信子從拉門外面向他們說晚安，然後回到三疊榻榻米大的女傭房。其實她想去看看老奶奶的狀況，不過因為春子嚴密監視著，所以今晚作罷。明天她想趁有事的時候去偷看一下。

信子會想著老奶奶的事，是因為她在思考一件事。她會忽然決定要實行那個想法，是在知道達也要和女人在某個地方外宿之後。東京車站十二號月台，是湘南線，要去箱根嗎？還是熱海？伊東？在那樣的地方和女人愉快地渡過一晚，然後才回來吧？

信子還沒有那樣的經驗。比她年輕的家政婦中，也並非沒有像那樣外遇的同事。可是，沒有男人要勾引她，畢竟有年紀了，臉也醜。不過，她對那種愛情的憧憬其實倍於常人，也因此她對其他人很不滿。她欺騙自己說，那是因為她有情感上的潔癖。

第二天早上，她像平常一樣準備早餐，讓全家人吃過飯後，孩子們先去上學，么子健三郎出門去附近玩。

教授上班的時間不一定，看當天的課而定，有時下午才去上班，有時早上十一點出門。今天是九點。

春子在玄關將公事包遞給丈夫。

「那麼，路上小心。」

然後送丈夫出門。在春子後面一起送行的信子故意問道：

「咦？老爺要去哪裡旅行嗎？」

「嗯，要去水戶，說是學校的研究會，拜託他去當講師。」

春子用有點自豪的語氣說道。

達也瞄了信子一眼，露出彷彿要她別多管閒事的表情，然後就那樣匆匆推開木格門出去了，他的身影從毛玻璃後面消失，腳步聲也遠去。春子在接近中午的時候也開開心心地出門，傍晚帶著愉快的表情回來。

翌日早上，信子洗著春子拿出來堆得像山一樣高的衣物。今天早上，洗衣服對她而言一點也不辛苦。

信子在想，今天春子若也出門就太好了，不然她的計畫可能無法實行。

順利地，下午一點左右，春子說有家長會，要去長男那個中學小鬼的學校。如果要去家長會，回家的時候應該也是接近傍晚了吧。信子特地幫忙春子精心打扮。在這種場合，春子一定要穿西式的服裝，她認為自己很適合，但她的身材又瘦又矮，只有不好看這一點引人注目。

春子高興地出門之後，家中變得十分安靜。信子走去老人的房間，不過老奶奶正在午睡，大概因為總是待在陽光照射不到的地方吧，她的臉色一直很差，現在也以呈現蠟黃的臉色靠著被爐睡覺。

健三郎從外面回來了。信子今天特地為了他做布丁。

由於信子沒有把前天差點變成火災的惡作劇說出去，健三郎對她的態度變得有點好。或許孩子心裡也會抱持感謝。不過，因為這孩子的脾氣瞬息萬變，不知道這個好意會持續到什麼時候。

信子坐在吃著布丁的孩子面前，從普通的火柴盒裡取出一支火柴，放進耳朵裡刮。

「啊，好舒服。」

她故意自言自語好幾次，果然，健三郎不可思議地看著她，

「用火柴棒比較舒服嗎？我家有耳掏喔。」

他表現出自己的好意。

「不，少爺，比起耳掏那種東西，用這個火柴棒的頭來掏耳朵更舒服喔。」

信子還瞇起眼睛，做出陶醉的表情。

「是嗎？我奶奶很常掏耳朵，要不要教她用火柴棒？」

健三郎說道。信子心想，上鉤了。

「說到火柴棒，少爺，你昨天點火的那個火柴，已經丟掉了嗎？」

健三郎欲言又止了一會兒，不好意思地說：

「沒有，還沒丟。」

信子也知道這孩子把那個美國製的黃磷火柴藏起來了，就是因為她知道，所以才有這個計畫。

「這樣啊。那你不會再像那樣惡作劇了吧？」

「嗯。」

健三郎坦率地點頭。

「你好棒。與其做那種危險的事，不如給奶奶掏耳朵，奶奶會更高興喔。」

「嗯。」

「少爺，你喜歡奶奶嗎？」

「不是很喜歡……」

「哎呀，那可不行。少爺，你還是小嬰兒的時候，是奶奶很小心地照顧你吧？所以你得做一些會讓奶奶舒服的事才行，那樣的話，不知道奶奶會有多高興呢。」

信子一邊如此說道，仍不忘用火柴棒掏耳朵。

健三郎吃完布丁走出房間。信子進入廚房，若無其事地注意孩子的動向，看看到底自己的暗示有沒有效。於是，小小的腳步聲走向走廊的另一邊，走廊的盡頭是老奶奶住的四疊半大的隱居房間。

信子沒有跟上去，而是拿掃帚到院子裡，以假裝打掃隱居房間周圍庭院的方式接近。那裡的紙窗關著，看不到屋內的情形，不過可以清楚聽到健三郎的聲音。

「奶奶，妳的耳朵會癢嗎？」

從午睡中醒來的祖母回絕說：

「啊，現在還好。」

信子拿著竹掃帚站著，屏氣凝神地聽。

「可是，應該有一點癢吧？」

「為什麼那樣問？」

「奶奶，如果耳朵癢的話，我可以幫妳掏耳朵。妳看，如果用火柴棒掏耳朵，會比用耳掏更舒服喔。」

「是嗎？健三郎很難得這麼說呢。好、好，那就麻煩你幫我掏耳朵吧。」

剛睡醒的老奶奶心情很好，而且孫子還提出少有的要求，她好像非常高興。

健三郎好像很有幹勁地靠近祖母旁邊。

「奶奶，怎麼樣？」

他好像把那個火柴棒放進耳朵裡掏。

「啊，好舒服喔。哎呀，健三郎，不要伸得太深，那裡有一個叫做鼓膜的東西，那個要是破了就不得了了。啊啊，好痛。你啊，伸得太裡面了啦。」

「這裡可以嗎？」

「啊啊，就是那裡……真的好舒服呢，健三郎真棒。」

信子彷彿可以看到老奶奶靠著衣櫃，一臉舒服地歪著頭的模樣。健三郎肯定站在旁邊，用那個火柴棒磨擦老奶奶的耳朵裡面。不知不覺，信子握住掃帚的手心滿是汗水，她全身僵硬，心臟急促跳動著。她現在的心情，彷彿有一大團純白的閃光在眼前炸裂開來。

她看著地面。落葉上有五、六隻螞蟻，那些黑色的螞蟻正在搬運一個白色的東西。牠們的隊伍十分整齊，行走時，葉子如震動般地一點一點晃動。

「嗚哇！」

突然，不知是慘叫或什麼的尖叫聲，從紙窗內部傳出來，同時紙窗也亮起白色的光。

信子拋下掃帚，繞到後門，跑上走廊進入老人的房間。她的心跳快得難受，膝蓋也沒有力氣，顫抖的腳無法行動自如。

「嗚喔！嗚喔！」

房間裡聽到像野獸咆哮的聲音。信子一打開紙門，健三郎就像要撞到她似地飛奔出來，然後直接跑掉。老奶奶壓著一邊耳朵，在榻榻米上滾來滾去。

5

信子跑到在榻榻米上滾動的老奶奶旁邊，要把她壓住耳朵的手放下。

但是老奶奶的手緊緊貼著，她的表情因痛苦而扭曲。

「妳怎麼了？奶奶？」

老奶奶無法回答，不過，從她的指縫間可以看到耳朵並沒有變色，耳朵裡也沒有冒煙。

老奶奶仍一手捂著耳朵，發出快死了似的聲音，那聲音聽起來就像野獸在呻吟。

「奶奶，我現在馬上叫醫生。」

信子衝出房間。雖然覺得這帖藥下得好像太猛了，不過想到之後這個家中會發生的騷動，她的心臟就跳得厲害。只是火柴點燃而已，耳朵裡不可能會燒爛。

信子跑向電話。因為春子不在家，所以她不知道家庭醫生的名字。健三郎也不在附近，因為害怕意想不到的事故而逃走了。

結果，信子打給一一九。

「是怎麼樣的病人呢？」

另一頭的男聲詳細詢問，說會立刻從消防署派救護車過去。信子告訴對方過來的路線。

她走去隱居房間，老奶奶像跳蚤一樣用頭磨擦榻榻米，一邊搖晃臀部，一邊遮著耳朵。

信子把手放在她的背上，大聲鼓勵她：

「奶奶，送妳去醫院的車馬上就來了！」

「好痛、好痛、好痛！」

老奶奶扯開嗓子大叫。

「真的很傷腦筋耶。少爺要惡作劇也該有個限度吧。這種時候，要是太太在家就好了……奶奶，請妳再忍耐一下喔。」

「好痛、啊啊、好痛！」

信子撫摸老奶奶的背，不久聽到警笛聲傳來。

「聽，來了喔，救護車來接妳了，已經不要緊了。」

信子跑到玄關，嘩啦一聲拉開木格門，穿著白衣的魁梧男子就走進來。

「打電話說有傷患的是貴府上嗎？」

男子粗魯地問。

「不好意思麻煩你們了，因為是老人家。」

「聽說是耳朵裡面燒傷了？」

「是的，用火柴棒掏耳朵，突然就起火了。」

「那很危險，說不定連鼓膜都飛了哪！」

「咦？」

信子嚇一跳。她沒想到這一點，她只想到因為是火柴，所以只會有輕度燒傷，儘管如此，因為是老年人，又大驚小怪地哭喊，一家子就會亂成一團。信子的目的只有這個，沒有想到鼓膜的事。

「傷患在哪裡？」

「在裡面的隱居房間裡。」

「可以搬運到院子去嗎？」

「可以。」

「那就把擔架拿過來吧。妳是這家的太太嗎？」

「不是，我是家政婦。太太和老爺都剛好出門了，我一個人不知道該怎麼辦才好，很傷腦筋。」

「是去旅行嗎？」

「老爺是去旅行，太太是去少爺學校的家長會。」

「如果知道是哪間學校，請立刻打給太太。」

信子慌張地折回去翻電話簿，不過因為心急的緣故，不容易發現學校的名字。

從院子進入的救護員，好像將老奶奶從房間的窗戶抬出來，放在擔架上。嗚喔、嗚喔，老奶奶的呻吟聲被送往門口。

信子照著好不容易在電話簿裡找到的號碼打給學校。對方接了，但轉接電話花了很多時間。

春子接了電話會說什麼呢？信子急躁地等待著。

「喂？是我……信子小姐？」

電話傳出慌張的聲音。

「是的，是我。太太，不好意思，請妳馬上回來。奶奶出事了！」

「妳說出事了，是怎麼回事？」

春子尖聲問道。

「怎麼說呢，小少爺用火柴棒幫奶奶掏耳朵，結果突然起火了。」

「健三郎嗎？」

春子的聲音中斷了，大概因為那一瞬間，她倒抽一口氣吧。

「那，現在怎麼樣了？」

「是的，救護車來了，現在送去醫院。」

「救護車？哎。」

叫救護車這件事，似乎讓春子察覺到事情的嚴重性。

「總之，我馬上回去。」

春子慌張地簡短說完，掛了電話。信子不禁微笑。

她掛電話時，剛才的救護員再度從玄關進來。

「現在我們要帶傷患走，若沒有人一起陪著過來會很麻煩。」

對方冷淡地說。

「是的。我剛才和太太打過電話，我想她馬上就會回來了。請問，奶奶的醫院在哪裡？」

「我不知道，我想盡量帶去附近的指定醫院，可是醫生如果不在，或是正在動手術，就得找其他醫院。所以如果沒有人跟著過來，我們會很困擾。」

「傷腦筋。該怎麼辦才好？」

「太太要多久才會回來？」

「應該要三十分鐘左右吧？」

「不可能等到那時候。那我們先把傷患抬走，之後再通知醫院的名字，請立刻過來。」

「我知道了……請問，奶奶的狀況還好嗎？」

「耳朵裡面燒傷得相當嚴重，果然連鼓膜內部都受傷了。」

信子的心臟怦怦亂跳，不過和最初聽到的時候相比，比較沒有那麼吃驚了。

救護車大聲地鳴放警笛出發之後，過一會兒，春子搭計程車回來了。她之前極少搭計程車，果然是慌了手腳。

「信子小姐、信子小姐。」

飛奔進玄關的春子高聲呼叫。信子走出來看，春子沒有脫鞋進屋，臉色蒼白地站在門口。

「妳說，到底發生什麼事了？」

「是的……不知怎麼著，突然，小少爺從隱居房間衝出來，所以我擔心地去看狀況，就看到奶奶壓著耳朵很痛苦的樣子。」

「只是用火柴棒磨擦耳朵就會起火嗎？」

春子眼中泛著疑問，但信子沒有說出那是不管磨擦什麼都會起火的美國製火柴，這件事還是先瞞著好了，之後她自然會知道。

「剛才救護車載走了，救護員好像三十分鐘後會打電話。」

信子簡要地告訴春子說，目前還不確定醫院。春子這才從玄關走上來，但她沒有坐下，把手上的手提包扔到榻榻米上，總之先去隱居房間調查。

信子也跟在春子後面，被褥亂七八糟，茶杯也翻倒了。春子發現掉在地上的火柴棒，她用手指捏著撿起來，仔細端詳燒黑的地方。她的目光回到榻榻米上，當然地上完全沒有燒焦之處。

「健三郎是在這裡給奶奶掏耳朵的嗎？」

「是的。」

「妳看到了？」

信子嚇一跳。

「因為火柴棒掉到地上，奶奶又用手壓著耳朵，所以我想多半是那樣吧。是的。還有，救護員也說，連奶奶的鼓膜深處都燒到了。」

「健三郎在哪裡？」

「好像不知道跑到哪裡去了。」

「真傷腦筋。」

春子困惑地揉著太陽穴。

「太太，要不要打電話給老爺？」

信子給她出主意。

「這個嘛……是在水戶嘛？妳打電話去問水戶的ＸＸ大學的電話號碼，馬上提出請求。」

「我知道了。」

信子又來到電話機這裡，詢問市外電話的號碼，之後馬上打電話去水戶，從東京可以直接撥通。

因為是學校的人接的電話，信子把電話交給從後面過來的春子，她自己站在春子後面聽狀況。

「十分抱歉，我是稻村達也的妻子，稻村應該從昨天就在貴校研究會擔任講師。現在我有一些急事，可以麻煩請他來聽電話嗎？」

春子用有教授之妻風範的優雅聲音說道。

「稻村先生？請問是哪裡的稻村先生？」

對方慢慢對春子的耳邊說。

「XX大學的稻村。」

春子很不滿。說到稻村，她相信丈夫是社會上相當有名的學者，而且還去了那間學校的研究會。她認為電話裡的人是什麼都不知道的學校雜工。

「請等一下。」

之後，對方的聲音好像在詢問同事。

「喂，XX大學的稻村先生有來我們的研究會嗎？」

「不知道耶。」

這些聲音清楚地傳入電話中。

春子相當著急。

「昨天和今天應該什麼都沒有辦，也沒有叫稻村先生。」

不可能。拜託來個更了解一點的人吧。

「喂。」

對方的聲音再度又近又大地傳出來。

「這裡沒有稻村老師參加的研究會，是不是您哪裡搞錯了呢？」

信子在後面一動也不動地聽著——

春子不斷強烈主張說，不，沒有那回事，他清清楚楚說貴校有研究會，昨天一早就出門了。

然而，她的聲音逐漸微弱，最後，

「如果稻村向貴校連絡，請叫他緊急回到東京的家，或是打電話回來。」

如此拜託之後，春子掛了電話。

春子愁眉不展。就連她好像也對丈夫前天晚上的話產生疑問。

可是，是水戶的大學出了某種差錯，才會不知道丈夫的事情，她好像也留有一些這樣的想法。

「信子小姐，如果老爺打電話回來，就拜託妳了。」

春子一臉嚴肅地說完後，拿起倒在榻榻米上的手提包。

此時電話響了，春子迅速接起電話，那好像是救護車的人打來通知醫院名字的。

「在這種時候，我一個人實在不知道該如何是好。」

比起擔心婆婆的傷勢，春子對自己得一個人忙得不可開交更為生氣。

「太太，請問，是哪間醫院？」

「XX町的梅澤醫院。我待會兒就會過去哪裡，之後就拜託妳了。」

「好的。請問，太太今天晚上會回來嗎？」

「會回來啊，要是我不回來，家裡就什麼也不能做了。晚餐的準備，妳就隨便弄弄吧。」

「實在辛苦您了。」

信子同情地說。

「好討厭喔。奶奶為什麼要讓健三郎用火柴棒掏耳朵？」

春子對於惹出這麼大麻煩的婆婆感到怒火中燒。

春子出門後，家中一下子安靜了。信子來到廚房，從懷中拿出一根香菸點火。這根火柴是普通的火柴。她抽菸抽到滿意為止。

什麼都不知道的稻村達也，現在肯定正在熱海還是伊東的旅館，和喜歡的女人逍遙地在一起。春子雖然打去水戶的大學，知道他沒去那間學校，但也不可能想到那種地步。掛了電話之後，儘管春子一臉可疑的表情，但信子看她也沒有很激動，因為她沒發現丈夫有女人。一想到那個有事都悶在心裡的達也，竟然可以完全瞞過囉嗦的妻子，信子就感到愉快。

過了一個小時，去醫院的春子打電話回來。

「信子小姐，有老爺的消息嗎？」

「沒有，還沒……」

「傷腦筋。」

「奶奶的狀況還好嗎？」

「不好，聽說鼓膜果然不行了，雖然燒傷的部分沒什麼大礙，但畢竟年紀大了，恐怕會從那裡引發內科疾病。」

「那還真是糟糕。太太會一直待在醫院嗎？」

「我打算等事情稍微穩定之後就回去。信子小姐，孩子們的晚餐就麻煩妳了。然後，如果老爺有消息了，就馬上通知我。」

「我知道了。太太，我真的很遺憾，希望奶奶沒事。」

信子掛了電話，吸一口香菸。

燒傷沒什麼大礙，這也讓信子放心了。要是損害太大，她也會內疚。她的目的只是要在這個家中掀起波瀾而已，說得更極端一點，只要能給春子帶來心理上的打擊，她的報復就成功了。

玄關的門鈴響起。

信子走出去，電報快遞默默站在那裡。

「請問稻村春子小姐住在這裡嗎？」

「是的，沒錯。」

「有電報。」

快遞員看了信子一眼就走了。

信子知道那封電報的發報局是水戶。是達也傳來的。

她打開來看。

「稻村老師回京延後一日　大學幹事」

稻村的預定延後了一天。可是這封電報的發報局是水戶，這點很奇怪。

那封信上確實是女人寫著在東京車站的十二號月台等候，信子因為知道這件事，所以認為是在湘南方向，剛才打電話去水戶，稻村也沒有到大學去。

如此一來，這封電報上沒有寫發報人的名字，只寫大學幹事，她認為很可疑。如果發報局是其他地方就會被懷疑，因此稻村拜託住在水戶的某個人發這封電報，信子如此想著。

這樣一想，達也打從一開始就打算在外住兩晚，可是因為研究會不可能連辦兩天，因此假裝途中發生什麼事情，再多停留一天。

信子思考著，該不該把這封電報的事告訴春子。

6

春子還沒有回家的跡象。不管她再怎麼在意家裡沒大人，但因為婆婆傷勢嚴重，她不可能馬上回家。

信子先不處理電報的事，她對於稻村達也的秘密情人是什麼樣的女人產生興趣。應該八成是長相與個性都和春子截然相反的女人吧！男人傾向於追求與長年相伴的妻子相反的女人，也因為男人會想藉此填補對妻子的不滿。

春子是很瘦的女人，而且裝腔作勢，一味裝飾外表，吝嗇程度也超乎常人。

達也的情人，一定是圓臉且身材豐滿的女子。當然，年紀肯定比春子小。和春子偽裝貴族的喜好不同，她很平易近人，又老實，對男人體貼入微，是照顧得無微不至的妻子類型的女子。

稻村達也身為交際範圍受限的大學教授，到底是在哪裡接觸到那種女人的呢？教授和一般上班族不同，沒有太多玩樂的自由。信子很難想像會是酒吧的女人或藝妓之類的。

信子之前偷看過女人寄來的信，筆跡相當沉穩，她認為對方頗有教養，但還是無法判斷職業。

除了那封信之外，以往女人寄來的信，達也都是藏在哪個不會被春子看到的地方呢？出現了這個疑問後，信子的腦袋馬上想到達也位在二樓的書房。

只有這個房間是老爺做艱澀的學問與研究的地方，因此打掃時所有一切都不能碰，春子之前一副自以為是似地宣告。那間書房很可疑。

信子拿著掃把和撢子走上二樓。她準備這些，是為了萬一被懷疑的時候，可以找藉口說是來打掃的。

信子悄悄打開書房的門。最初看到的，是到這個家時春子帶她看過的書櫃與書桌，上面滿滿的各式書籍再度映入她的眼中，盡是有點艱深的書，光看標題幾乎全是西洋文字，完全看不出是什麼書。也有很厚重的書。相同體裁的大型厚書，在書櫃上排成一整列。雖然是用羊皮做的嚴謹裝訂，不過似乎是相當舊的珍藏書籍，皮革都變成麥芽糖色，書脊上的燙金文字也剝落了。

此外還有大小書本像滿出來似地放置著，從書櫃和書桌溢出來的東西，都整整齊齊地堆在地板上。

如果稻村達也要藏女人寄來的信，會藏在哪裡呢？信子想著。書桌一邊有五個抽屜，還有另一張桌子緊貼著這張，那張桌子也有大約五個抽屜，正中央有兩個大抽屜並列著。

他應該不會把女人的信藏在這種地方。春子會毫不介意地拉開來看吧？這麼一來，這些難以被她發現的大量書籍中間就很可疑了。信子目不轉睛地看著一本一本的厚書，不過到處都沒看到像是插入信件似地膨脹的狀況。

她豎起耳朵，樓下鴉雀無聲。春子就不用說了，孩子也還沒從學校回來，健三郎因為那件意外而非常害怕，今天大概要天黑才會回來。把討人厭的小孩逼到這種地步真是痛快。今晚他一定會被春子狠狠痛罵一頓。

春子不但要照顧奶奶，還得中途離席可以發揮她的虛榮的家長會，除此之外丈夫達也也不回來，鐵定會讓她歇斯底里。

信子一手握著撢子的柄，首先翻翻書桌上的書，書裡寫滿密密麻麻的英文小字。有一疊紙像是沒寫完的原稿，她翻起來看原搞下面，當然沒有藏任何東西。

達也的書櫃，除了書桌後方的之外，在那後面還有一個，書櫃上也堆了很多書，那裡信子稍微碰不到，不過，信子的目光，定在那疊堆在高處的書本山上。

信子搬腳凳過來。這個矮的腳凳就放在房間角落，即使是高大的達也，若不用這個也碰不到書櫃最上層。說不定他就看準了這個不便之處，春子碰不到那裡也會讓他放心吧。

信子踩上腳凳，儘管如此，她若不踮腳尖，手還是碰不到大書櫃離天花板很近的最上方。

她先一本一本翻著堆成山的書，但由於是踮著腳尖，她無法好好將書拿在手上，而且那些書都很重，指尖不由得失常了，就在她想抽出一本書的時候，因為堆疊的方式不穩定，四、五本書崩落下來。

掉在地上的書有的翻開一半，有的兩邊都開了，當她看到有四、五個信封散落在那裡時，她興奮地顫抖。果然不出所料，書就是隱藏秘密信件的地方。

信子撿起那些信，總共有五封，每個都是相同的茶色信封，背面印著「大東商事有限公司業務部」，和她之前收到的快遞信封一樣。

信子打開一封。

「上次很開心。我非常開心，回家之後，還興奮到失眠了好一會兒……」

這種句子突如其來映入眼中。看信的信子的呼吸都變得紊亂。

五封信都以這種形式向達也傾訴愛情，由於文章絲毫沒有壓抑，可以嗅到女子自然的獨特風格。

信子仔細閱讀那些文章，最後她猜測那女子是新宿一帶的酒吧服務生。她會猜新宿，是因為有幾句寫著女子在去店裡上班之前和達也見面，之後達也開車送她到二幸前[9]。這樣一想，達也應該是大約四點離開學校，和女人到某個旅館快樂幽會，然後在那裡待到七點過後。

也就是說，他們的計畫是，女子在約會之後若無其事地到店裡上班，他則回到自己家裡。信子無從得知富美代是女子的本名，還是在店裡使用的名字，不過，既然他們的感情都這麼好了，應該無疑是本名吧。

信上完全沒有提到店名，只有，

「因為媽媽桑非常信任我，所以就算你來店裡，她好像也沒發現我們的事。」

或者是，

「最近一段時間沒有見到稻村先生，媽媽桑別有意味地問我說，不知道稻村先生怎麼了。說不定有點被發現了。不過，只有一條先生還是一樣過來玩。雖然是你的朋友，不過他好像還一無所知。你也很巧妙地瞞著一條先生呢。」

有這樣的句子。

姓一條的人好像是達也的酒肉朋友，不過果然是同行，說不定是哪間學校的教授。

信子認為這是線索。一條這種像是貴族的姓氏在社會上很少見，如果這個人真的是某個學校的教師，光靠這個姓應該就能找到人。

信子把所有的信都收進懷裡，然後抱起散在地板上的書，踩上腳凳，放回原本的位置。可是因為她放得很隨便，若是達也看到了，立刻就會知道有人動過了吧。

然而達也應該不會說出來，儘管妻子春子偷走他的秘密信件，他還是不會吵鬧，因為他會對於春子或許偷偷發現自己藏起來的東西感到不安。

信子走下樓，還是沒人回來。她打電話到達也教課的學校，對接電話的總機說：

「請幫我轉接一條老師。」

「一條老師？那位老師不在我們這裡喔。」

總機回答。

「咦？不是貴校的老師嗎？」

9：二幸是以前新宿車站對面有名的見面地點。

信子不慌不忙地說：

「很不好意思，能否告訴我一條老師任教的學校是哪裡呢？」

「請問您是？」

「我和稻村老師認識，因為一條老師是稻村老師的朋友，我想和他連絡一些稻村老師的事。」

由於她提出稻村教授的名字，總機馬上就轉接到相關的辦公室。

「妳說與稻村老師認識？」

聲音粗獷的男子頗有興趣地問道，大概因為是女人的聲音，而認為是和酒吧或什麼有關。

「是的。」

問了多餘的問題。

「我姓相澤。」

幸好對方沒有繼續追問，畢竟不會問說是哪間酒吧的吧。

「一條老師在A大學教英文系。要我告訴妳電話號碼嗎？」

「麻煩您了。」

信子很高興對方的過度親切，並記下電話。不過，對方的厚意不只於此。接著一條教授的名字是藤麿，住家地址是世田谷區成城町ＸＸ號，電話是砧[10]局的幾號幾號，連這些都補充了。

「感謝您。」

信子將寫好的紙片摺成四摺，插入腰帶的間隙。

她回到女傭房想了想，只把懷中那些女人寫的信，收在自己的行李箱底部。還有電報。她還沒下定決心要向春子隱瞞這個。她會猶豫，是因為她在期待一個最有效果的時機，好向春子提出這封電報。

那之後過了三十分鐘，春子從醫院回來。

「信子小姐，老爺還沒有消息嗎？」

她的額頭豎起皺紋，眼睛也閃閃發光，處於相當危險的狀態。

「沒有，我什麼都沒有接到。」

10：世田谷的一個地區名。

——如果要之後才給她看電報，只要說是剛剛快遞送來的就好了。信子心想。

「真奇怪。」

春子側身坐在客廳，疲倦似地一手撐在榻榻米上，心裡好像在想達也的事。如果按照預定行程，他就得在早上回到東京才行，也因為如此，達也才特地打了封延期一天的電報送回來。

「好怪。」

春子揉著太陽穴。

「那個，太太，奶奶的病情還好嗎？」

信子像是剛做完工作過來，一邊在圍裙上擦濕淋淋的手，一邊跪在門檻上。

「沒有想像中嚴重。」

「那真是太好了。太太也鬆了一口氣吧。」

「不說那個了，信子小姐，健三郎還沒回來嗎？」

春子好像根本沒把婆婆的傷勢放在心上。

「是的，還沒有回來。」

「是喔。」

春子的太陽穴浮起一條筋。

「我不在的時候，沒有人打電話過來嗎？」

「是的，沒有人打來。」

春子似乎期待達也的朋友會打電話來連絡。一條教授或許也是那些朋友之一。

「把電話簿拿過來。」

「好的。」

春子把厚重的電話簿翻過去，翻找每個地方，寫下三、四個號碼。

之後她撥出電話，一一詢問達也的消息，其中沒有出現一條的名字。如此看來，達也好像沒有讓春子知道他和一條有來往。打了四通電話詢問後，全部徒勞無功。掛了最後一通電話後，春子往上吊的眼中冒出怒火，完全出現了歇斯底里的症狀。

她焦躁地離開電話機，重重地在客廳坐下。信子在心裡偷笑，同時一臉擔憂似地坐在春子旁邊。

「太太，老爺怎麼了？」

這個時候，信子臉上充分表露出希望能盡一己之力幫忙的誠意，然而春子心情不好地沉默著，目光落在榻榻米的一個點上。

「真的是，若老爺能早點回來就好了……不過他不知道發生了什麼事，也不能怪他。可是，太太，因為老爺很快就會回來了，要我去醫院嗎？」

信子惶恐地提問。

「沒有那個必要。」

春子不高興地說。

「是的。可是，奶奶一個人在醫院，不會心裡不安嗎？」

「夠了。別煩我。」

春子暴躁地說。

「是的。」

信子正垂頭喪氣地退下時，

春子用前所未聞的尖銳聲音叫住她。

「河野小姐。」

「是的。」

信子放下抬起的膝蓋。

「健三郎把那種危險的美國製火柴棒放進奶奶耳朵裡，這件事妳真的不知情嗎？」

信子嚇一跳。春子果然也懷疑起那一點了。

「不，就像我之前所說的，我不知道。」

「可是，妳知道健三郎在玩那個火柴吧？」

如果說不知道的話，反而會像在說謊。

「是的，非常抱歉，因為我不知道會引起這種意外，所以才隱瞞太太。」

信子的額頭抵著榻榻米。

「是怎麼回事？」

春子嚴厲的聲音從信子的頭上方傳來。

「很抱歉現在才說，其實，少爺用那個美國製的火柴棒，點燃報紙玩火。」

「咦？」

春子吃了一驚。

「那是什麼時候的事？」

「是前天的事。我剛好走去廚房，看到報紙著火嚇了一跳，就潑水澆熄了。那是健三郎少爺的惡作劇。因為那個火柴只要稍微到處磨擦一下就會起火，少爺應該也覺得很好玩吧。」

「河野小姐，為什麼那種事不早點告訴我？」

「非常抱歉。可是，因為少爺好像非常害怕會被太太責罵，看起來很可憐，所以我就……」

春子嘆了一口氣。

7

依然側身坐在榻榻米上的春子悶悶不樂。

婆婆發生意外，丈夫達也不知身在何處，讓她的心情亂成一團，而且直接表現在她紊亂的打扮上。對她這種裝模作樣的人來說很罕見。

信子盯著她這模樣瞧，感受到前所未有的滿足感。看到平常那麼傲慢、愛擺架子、只會在背後說人壞話的女人，現在變得如此萎靡不振，信子悄悄地沉浸在報復的快感中。可是，這種程度還不夠讓她滿足。

「那個，太太。」

信子又憂心似地說：

「因為我擔心醫院那邊的狀況，要不要讓我代替太太去看看奶奶呢？」

春子仍揉著太陽穴，不過心情好像變得比剛才好一點。

「這個嘛。」

她思考著。

「那，妳就去吧。」

她答應了。

「那麼，我現在就去。」

「那個，等等……」

「是的。」

「妳不可以太縱容奶奶喔。如果我去的話，她不會耍任性，可是如果是妳去，她肯定會說些任性的話，要是老人家每次說什麼都順著她的話，可是會沒完沒了的。」

「是的。」

「因為那樣住院，奶奶說不定很高興。在家裡很不自由，在那裡就有病人的特權，一定會叫妳買水果，或說她想吃甜點，要是全部照做的話零用錢就不夠了。就算她不花那些錢，住院費也夠驚人的了。妳明白了嗎？」

「是的。」

信子匆匆忙忙回到女傭房換衣服，於是懷裡的電報就掉了出來，她把那封電報塞入換上的和服懷裡。

春子的吝嗇程度也令人咋舌，連住院的婆婆的點心錢也捨不得。不過，春子說不定對婆婆的災難感到痛快，因此么子健三郎應該也不太會被母親責罵吧。

「那麼，我走了。」

信子恭敬地伸手低頭說了之後，春子吃驚似地責備說：

「哎呀，妳啊，不用穿得那麼正式啦。」

「是。可是，因為是醫院，我想如果穿得太寒酸，也會影響這個家的面子……」

「沒關係啦，都這種時候了，穿什麼都無所謂。」

春子猜忌家政婦是要趁這時候偷懶。的確，在信子的想法中，她是打算藉此休息一下，畢竟春子是個在意所有小細節的主婦。

「哎，算了，妳都換好了……如果待會兒沒什麼事，就馬上回來，家裡很忙的。」

「是的，我知道了。」

「來，給妳電車費。」

春子從錢包拿出三十圓的零錢丟給她。

信子在玄關的鞋櫃上，春子自豪地擺設的投入瓶[11]旁邊，悄悄放上之前收到的電報。送電報的人，常常只喊一聲就把電報投進來，有時家中會聽不見那個聲音。春子不久後發現這封電報，她只會想，奇怪，是什麼時候送來的啊？

一想到那封電報會讓春子的混亂變得更大，信子的心情就變得很愉快，還吐舌頭。

搭乘都電到醫院要花三十分鐘，單程十五圓，春子只給了她剛剛好的車錢。

從工作的家中睽違多日的外出，果然連心情也變得不一樣了。信子面向窗戶坐著，像孩子一樣開心地看著沿路飛馳而過的房子。許多商店都陸續變了。因為是黃昏時分，提著菜籃的女人們站在肉店、魚店、蔬果店前面，到處都散發出家庭的生活味道。

和沒有家庭的自己相比，信子有種說不上是羨慕或嫉妒的心情。

但是，那些家庭，有著只要指尖稍微一壓，就會喀啦喀啦崩潰的弱點。例如她現在工作的稻村教授家。在世人眼中是一個學者的家庭，圍繞著學術氣息，看起來相當穩固，然而，就連那個家，也有著只要自己吹一口氣，就會不知道變成怎麼樣的脆弱。

11：不用劍山的插花法稱為投入，使用的花瓶稱為投入瓶。

（我真是受夠了麻煩的家庭，一個人說不定還快活些。）

在家政婦的宿舍裡，她們常常彼此這麼說。只有窺視過其他家庭回來的女人們，對這意見才有具體感與實感。不過，在這想法之中，羨慕擁有那種脆弱家庭的心情也生了根。

總而言之，從她們工作的家庭看來，她們是外人。只是為了處理那個家庭的雜務，方便任意驅使而雇用的，就算主婦發出像貓咪一樣撒嬌的聲音，一旦有緊急情況，就會被當成一步也無法接近那個家庭之中的外人。

可是，她們還是想擁有那樣的家庭。因為她們之中有很多人是自己曾經建構起來的家庭的放逐者，或是破壞者。

信子偷看一下病房，躺著的老奶奶從頭到耳朵都包上純白的繃帶。比起在那個四疊半榻榻米大的陰暗房間中蠕動，這個模樣看起來要清新且年輕得多了。

「奶奶，感覺怎麼樣？您真是太可憐了。」

信子發出哄小孩一般的聲音，看著老奶奶的臉。

「妳終於來了。」

老奶奶用奄奄一息的語氣說道，遲鈍的目光望向她。

「果然沒有妳還真是不行。春子剛才來過了，可是她只是為了面子來，畢竟不是親生的，也沒有好好地待在我身旁。」

老奶奶馬上開始控訴。

「畢竟太太一個人也很忙呢。」

「達也還沒回來嗎？」

「還在出差沒回來。」

「罷了、罷了，那孩子也是不孝。我都變成這樣了，他還什麼都不知道……哎，信子小姐，我常跟妳說吧？我死的時候，不想把身體交給春子處理。妳比她還要親切得多，照顧得也很周到。」

「哎呀哎呀，奶奶，不要說那麼軟弱的話。耳朵很痛嗎？」

「剛才還很痛，現在打過針止痛了。」

「那不錯啊。」

「唉，信子小姐，妳會一直待在這裡吧？」

「我很想，可是得要得到太太的允許……」

「哎呀哎呀。春子剛才也說過了：『因為這裡是完全交給看護，所以沒什麼家人來，奶奶，妳就別說任性話了。』她這樣叮囑我。我是不知道什麼看護不看護的，結果就是要別人來照顧我。春子是巧妙地利用這個機會，打算遠離我這個麻煩累贅啊。可是，信子小姐，可以的話妳就對春子說，請她讓妳待在我身邊。」

「我知道了。」

「我有存一點零用錢。如果春子捨不得拿錢出來，我也可以代替她給妳薪水喔。」

「奶奶，哎，不要說那種話，既然住院了，就請別想太多，接受治療吧……妳有想要什麼東西嗎？」

「這個嘛，如果有水果的話，我想吃。」

「那我待會兒去買。」

「哎呀哎呀，那種話春子連一句都沒說。那個女人簡直是魔鬼啊。就算不是親媽，連有什麼想要的嗎都不問，一點都不關心我啊。結果她自己呢……隨便花達也賺的錢，一定想吃什麼就盡量吃，還在外面養男人。」

「那，奶奶，請妳忍耐一下吧，我之後還會再來看妳的。」

信子走出醫院。這附近有許多商店並列著，她走向香煙店前的電話，從懷中拿出一條藤麿的電話號碼。

然後，她從錢包拿出十圓硬幣慢慢投入孔中。

「這裡是一條家。」

她聽到一個年輕的聲音，分辨不出是妻子還是女傭。

「請問尊夫在嗎？我是稻村的代理人。」

信子模仿春子優雅的口吻。

一會兒後，喂喂，電話傳出粗大的嗓音。

「請問是一條老師嗎？」

「我是。」

「其實，有件事想私下拜託老師您……」

「妳是稻村的什麼人？」

「是的，雖然我說是代理人，但這是有原因的。其實我是在稻村家工作的家政婦，這邊的奶奶因為孫子的調皮，耳朵燒傷了，現在正住在梅澤醫院。」

「咦？」

一條驚訝的聲音從話筒中洩露出來。

「因此，太太相信稻村老師參加水戶的研究會，於是打去連絡，可是對方說沒有研究會的預定，太太也很困惑。」

「……」

一條沉默了，因為他心裡有數。恐怕一條的心裡肯定也嚇了一跳。

「因此，雖然是我個人的意見，不過我希望務必和老師您見面商量一下。」

「商量什麼？」

一條的聲音很謹慎。

「就是稻村老師的行蹤。我這麼說，實在非常抱歉惶恐，我希望在太太面前幫老師掩蓋，因此想和您商量。我這麼說，您應該已經察覺，我也隱約知道事情緣由了。」

「我知道了。」

一條毅然說道。

「梅澤醫院是嗎？那麼，我馬上過去。」

對方切斷了電話。

四十分鐘後，一條藤麿出現在醫院大門的櫃台。由於已經過了晚上六點半，大門旁邊幾乎沒有外來的病患，信子立刻從他肥胖的身影判斷出身分。

等待著的信子，在一條詢問病房號碼之前就走近過去。

「啊啊，是妳嗎？」

一條教授看到信子，他的眼中籠罩著奇妙的狼狽與疑惑。

「我們到那邊去談談吧。」

信子邀請他到沒人的候診室角落。兩人並肩坐在長椅上。

「到底發生什麼事？」

一條馬上發問。

「是的，如果我在電話中所說的，我是稻村老師家的家政婦，其實，今天過午時分，最小的少爺用火柴棒惡作劇，讓奶奶的耳朵嚴重燒傷……」

信子禮貌且詳細地說明事發經過。一條擺著一副十分困擾的表情聽著。他的年紀好像和稻村差不多。

「於是，太太瘋狂打聽老爺的行蹤，但水戶那邊說老爺並沒有過去。」

「大事不妙了哪！」

一條不由得脫口而出。

「事實上，因為這樣，太太現在有點惱火。」

「我問妳，那是真的嗎？」

一條教授露出為難的表情。

「於是，雖然是我個人的意見，不過如果今晚老爺沒回來，事情好像會變得很不得了。如果一條老師知道的話，可以請您連絡老爺嗎？」

「這個嘛……」

一條的表情愈來愈為難，看樣子他好像知道稻村的行蹤。

因為寫信的女人所寫的字句中也出現過一條的名字，所以兩人是所謂的「損友」吧，肯定也是互相包庇壞事的夥伴。

「可是，妳為什麼會知道？」

一條對此有疑問。妻子沒注意到的事，為何家政婦會知道？

「是的。」

信子擔憂似地低下頭。

「……這麼說實在很厚臉皮，不過我由於在許多家庭中工作過，因此那種事情大致上都猜得出來。」

「真有一套。可是，妳怎麼會知道我的名字？」

「是的，那是因為老爺常對太太說老師的事。」

雖然信子沒有見過那種場面，但畢竟他們是朋友，所以信子也不算說謊。

「那，老奶奶的狀況怎麼樣？」

「是，畢竟年紀大了，醫院方面也擔心，希望不要併發其他病症。現在因為打止痛針所以不痛了，不過再那樣下去，說不定也會影響腦部。」

「傷腦筋、傷腦筋。」

一條教授的表情真的十分為難。

「老師。可否借助老師的幫忙，連絡老爺，請他今晚回來呢？」

「這個嘛……」

一條露出與他龐大的體形不相襯的膽怯與困惑，看樣子他也很怕稻村的妻子春子。

「好吧。我會想辦法。」

他最後毅然說道。

「可以嗎？如果真的可以的話……那個，可以現在在這裡連絡嗎？那邊有電話。」

「這樣啊。」

一條教授由於驚慌失措，沒有看出信子的企圖。他在信子的帶領下，走向紅色公用電話。

「我想麻煩轉接市外電話。」

教授向坐在寫著總務部的玻璃窗內的女事務員問道。裡面有四、五個人，不停計算藥品帳單與保險負擔金額。

「哪裡的市外電話？」

「熱海。」

果然不出所料，信子心想。

女事務員說：

「我會為您轉接，請說出局號與電話號碼。」

信子若無其事地背對著，假裝沒有聽到，但一條教授的聲音清楚地傳入她的耳中。

「是熱海的R觀光飯店，電話號碼我不太記得，可以請妳查一下嗎？」

事務員沉默地板著臉。

「其實，有一位在這裡住院的病患家屬在那裡，所以希望能緊急連絡。」

「請打那邊的電話。」

事務員指著一個方向。

就在一條肥胖的背影走向三台並排的紅色公用電話時，信子獨自回到候診室。就算她走開了，因為那裡很安靜，一條如果說話聲音大一點，應該還是聽得到。

8

一條教授撥了紅色公用電話，不過他用手掌遮住嘴巴，以防被旁人聽到。

可是，在候診室裡看似不知情的信子，知道一條相當激動。她偶爾會聽到一條的聲音變大了。

「是啊，是啊……好像耳朵嚴重燒傷，鼓膜都飛了啊。詳細情形我這裡不知道，總之……就是要你回來啦。」

人在熱海R觀光飯店的稻村達也，好像不太明瞭事情狀態。一條重覆鼓膜這個詞兩三次。一條的激動或許也直接讓達也大吃一驚。

「你能馬上回來嗎？」

一條如此問道。雖然他一開始有注意，不過後來聲音自然變大，因此就算是有點距離的信子也聽得一清二楚。

「你太太來過一次，好像剛才回去了，這裡只有你家的幫傭在……什麼？我為什麼會知道這件意外？」

信子要一條保密，不要說出是她連絡的，理由光是「對太太不好意思」就綽綽有餘了。身為家政婦，如此顧慮對方似乎很有道裡，因此得到一條的認同。

所以，一條這麼對電話說：

「那是因為啊，我認識的人碰巧來到你家奶奶被送來的醫院，然後他打電話告訴我，問我知不知道，所以我就馬上詢問醫院，然後因為醫院的回應，我才知道事實。剛好你家的家政婦在，所以我也知道詳細經過。現在我也來到醫院了，你太太也非常焦急，你現在就想辦法早點回來啦。」

稻村達也好像小聲回答了什麼。

「話是那樣沒錯……可是，你啊，這和其他的事不一樣，是你的母親住院了，請你那邊的那位體諒一下吧。」

透過一條的聲音，信子彷彿親眼看見在熱海飯店的達也顧慮自己身邊女人的樣子。當然，那個女的一定就是寫信給達也的那個新宿酒吧女服務生。

站在那名女子的角度來看，好不容易要在熱海過兩夜，途中男人卻被叫回去，她一定會怨恨。女子站在達也旁邊低聲嘀咕的模樣，也浮現在信子眼前。

信子在心中吐舌。她沒想到計畫進行得如此順利。這樣一來不但讓春子苦惱，也會為達也帶來痛苦。

很會擺架子又在背地裡罵人的春子就不用說了，背著那麼艱澀的書，一副道貌岸然的稻村教授，和女人外宿時倉惶驚恐的模樣，讓信子痛快得不得了。

這也是信子對自己灰色青春的報復。

不久，一條教授之後和達也商量了一會兒，掛斷電話後，走回信子坐的地方。

「情況如何？」

信子站起來問道。

「真為難啊。」

教授的臉上浮現苦笑，

「稻村還有點事，恐怕會晚一點回來。」

一條教授沒注意到，她剛才豎起耳朵聽到了剛才的電話對談。總之，教授只認為這是貼心的家政婦忠於主人，因此才將事情私下通知他這個友人。

「這樣啊。」

信子微笑。

「稻村因為有點事情，所以去了熱海。」

教授好像如此說了之後才注意到，於是拜託她，

「可是，這件事他沒對太太說，請妳也要保密喔。」

「是的，我明白。」

以教授的立場，因為信子知道他剛才在櫃台詢問熱海的電話號碼，所以他沒打算隱瞞。

「我是否也姑且去探望一下奶奶呢？」

教授猶豫著。

「老師，那會不會有點不太妥當呢？如果太太在這裡的話，她一定會懷疑，老師您是如何知道這件意外。那麼一來，她立刻就會知道是我多嘴了。」

「啊，原來如此。那我就裝做不知情回去了。」

一條教授似乎也沒有很想探望友人的老母親。

「老師，我家的老爺什麼時候會從熱海出發？」

「這個嘛，他說大約還要兩個小時。」

信子看了手錶。雖然是已經用了五、六年的舊型手錶，總之指針還會動。現在是七點

十分，兩小時後就是九點了，那麼，稻村出現在這裡時大概會是十一點左右吧。

「那就麻煩妳了。」

一條教授那張文雅的臉龐大大地點頭之後，走出醫院大門。

信子走進老奶奶的病房。

她把剛才在附近買的三顆蘋果並排在床旁邊的櫃子上。

「奶奶，我給妳買了這個喔。」

在老奶奶包著繃帶的臉上，眼睛微微張開。

「哎呀，妳真是親切，果然還是要妳在才行，春子她啊，就算我拜託她，也假裝沒聽見哪！」

「這個妳沒辦法直接吃，我現在去向醫院借果汁機。妳等一下喔。」

「很花工夫呢。謝謝妳。」

信子拿了一顆蘋果和老人用的餵食杯走出病房。她剛才經過的時候，看到這棟大樓的盡頭有個像是公用廚房的地方，她想那裡多半會有果汁機，果然，台子上有一台老舊的果汁機，可是那裡有一位年約三十二、三歲穿著烹飪罩衫的女子，正在攪打蕃茄、蘋果和檸檬等等。

信子等了一會兒，不過那位年過三十的看護動作很慢，要等她弄完沒那麼簡單。信子很急，她故意在木板地上大聲來回踱步。

結果，信子故意的催促舉動好像惹看護不高興，她的動作變得更慢，削蘋果皮時也是又慢又仔細，而且看她帶來的容器，那個杯子大到簡直就像馬用的注射器，容量大約是普通餵食杯的五倍。

信子不認為病人喝得了那麼多。她推測之後只能想到，以這位看護為首，護士之類的都會一次製作餵食數人的量，因為果汁機僅此一台，所以信子對看護的壞心眼起了天生的反抗心。

「不好意思。」

信子先發出諂媚的聲音說：

「我有點急，那個，可以中途讓我先用一下嗎？我只有這一點點而已，馬上就好……」

看護是個捲髮的長臉女人，體格又硬又乾，遲鈍的目光盯著信子。

「等我弄完，隨便妳用。」

她冷靜地回答。

「妳什麼時候才會弄完？」

信子從這裡開始說話變得難聽了。

「這個嘛，我也不知道。總之，在我把這些全部打成果汁之前，是不會停止的。」

「那麼，妳可以快一點嗎？」

「妳說什麼啊？」

乾巴巴的看護單眼皮的眼角不悅地往上吊。

「一來就想中途借走別人正在用的東西，有這種事嗎？我啊，不管妳說什麼，我都不會再動手了。」

「喔，這樣啊。那就我來幫妳吧。」

「少多管閒事。我哪可能把要給病人喝的重要東西，交給一個不知道哪裡來的莫名其妙的人。」

「妳說什麼？我莫名其妙？」

信子不滿地嘛起嘴。

「妳說誰？」

「哼，除了妳，還有別人嗎？」

「妳少狂妄了！妳慢吞吞笨手笨腳的是怎麼回事？那樣也可以當一天賺幾百圓的看護嗎？」

看護停止按按鈕，轉身面對信子。果汁機裡，蘋果和蕃茄的渣滓在攪碎一半的液體中載浮載沉。

「妳再說一次試試。」

「喔，要說幾次都行。妳打算當個獨當一面的女人嗎？我從剛才看到現在，妳打這些果汁，實在不像是只要給病人喝的，妳應該是想做給妳那張低賤的嘴喝的吧？」

「什麼！」

看護的嘴唇顫抖起來。這女人的臉色本來就不好看，現在變得更蒼白。

「妳說什麼？我絕對不會讓妳用這台果汁機！我一整晚都不會離開這裡！」

女子歇斯底里地抖動臉頰。

「一整晚都不離開？真有意思。那，妳就在這裡站到早上吧。」

「是啊，我會站。」

「真的喔？就算妳稍微離開一下，我也不允許喔，待會兒我就會在醫院裡到處宣傳，妳站在這裡一動也不動，大家就會輪流來參觀喔。」

「……」

信子有個長年練就的三寸不爛之舌，不管是什麼樣的敵人，她都對自己的口舌很有自信。有時柔軟、有時過份恭敬、或是諷刺、或是不懷好意、還會恫嚇。這種紅髮又蒼白的看護才不是她的對手。

於是，信子就這樣拿著蘋果和餵食杯回病房去了。

回到病房後，出乎意料春子來了。她站在老奶奶的枕邊，目不轉睛地盯著進來的信子。

「河野小姐，這個蘋果是妳買的嗎？」

「是的。」

信子點頭。從春子氣勢洶洶的表情，她知道春子要罵她了。

因為春子來了，老奶奶變得沮喪，一臉苦悶地閉上眼睛，只發出輕微的喘氣聲。

「傷腦筋耶，妳打算給奶奶吃這種東西嗎？」

「是的，我剛才想打成果汁，所以去借用果汁機，可是不巧有個壞心眼的看護在，所以沒借成。」

信子難為情地把手上的蘋果和餵食杯放在桌上。

「問題不在果汁機。」

春子厲聲說：

「妳要是擅自給病人喝那種東西，會很困擾的。妳問過醫生了嗎？」

「沒有，大家好像都回家了，沒辦法問。」

「那，打一通電話問我也行啊！」

「對不起。」

信子道歉。雖然她認為春子很不講理，可是她知道春子為何心情不好，因此在心中偷笑。

老奶奶一句話也沒說。雖然她背地裡大罵春子，可是當事人一站在旁邊，她就像個孩子一樣毫不反抗。

「我會在這裡看著，妳快點回去張羅孩子們的晚餐。」

春子命令道。

「那個，晚餐還沒弄嗎？」

「現在哪是做那種事的時候。奶奶在這種地方，老公又沒回來，我根本沒那個心情。孩子們都餓了，妳快點回去吧。」

「是。」

已經七點半了。到現在還沒煮飯給孩子吃，應該是因為春子也很擔憂丈夫的行蹤，她那尖臉又變得歇斯底里了。

「那，老爺還沒有回來嗎？」

信子也壞心眼地問。不過，因為這句話乍聽是親切的詢問，春子也無法正面對她生氣。

「嗯，還沒……別管那種事了，總之妳快回去照顧小孩。大家都餓著肚子。」

「是是。」

在這種情況，故意放慢動作讓脾氣暴躁的對方著急是最好的方法。

信子走出醫院，這才發現自己的肚子非常餓。這也難怪，已經快八點了，接下來要回到那個家，照顧孩子幫他們煮飯，沒有比這個更煩的了。

她走進路過看到的拉麵店，吃了兩碗中華拉麵，連最後的湯都喝光，吃得很飽。她一邊吃麵一邊想著的，還是開心的事。孩子們現在有多餓，她才不管。

到達也回來還有大約三個小時，還有一個小時他就要從熱海出發了，在那段時間裡，她得盡量做好工作，不知能否做出讓春子更困擾的事。

她已經知道達也和女人一起投宿的飯店名字，也牢牢記得一條教授在醫院詢問時，從旁聽到的電話號碼。

可是她沒想到好點子。信子放了一百圓付拉麵的費用，就快步走出去了。大概沒有像春子那麼難以理解的女人了。要人工作到七點半左右，卻連一毛晚餐錢都沒給，只給了往返的電車費三十圓而已。如果她會再稍微關心一點，或是給點錢說「拿去吃點什麼吧」，這樣的話就還有點可愛之處。

信子盡可能慢條斯理地花時間回家之後，大概三個孩子都餓著肚子的關係，每個人的臉上都很不高興。健三郎偷看了信子的臉，一副鬧彆扭的模樣躺在榻榻米上。好像被春子狠狠罵過了。

「吃飯！吃飯！」

孩子們一看到信子，就一起叫嚷著站起來。

「好、好，我現在就開始準備。」

「什麼？現在才要開始準備？」

最大的中學小鬼，發出簡直像是老頭一般的聲音。

9

孩子們宛如戰場般狂暴的晚餐時間終於結束。這明明是教育者的家，孩子卻完全沒有教養。

信子收拾著大家吃得散落一桌的飯碗。她自己因為剛才吃過拉麵，所以沒有吃飯。總覺得有種損失了一百圓的感覺。

就算在廚房洗髒碗和盤子，她的心思依然在熱海的達也與女人身上。時間一分一秒過去。距離達也離開熱海的飯店，只剩下三十分鐘。這段時間裡，有沒有什麼事能讓他大吃一驚，也能讓春子痛苦呢？信子思索著，但總是想不到好主意。

最後，只剩十分鐘了。洗著盤子的手，終於也因為注意力被勾走而敷衍了事。

如果也能知道那女子的工作地點，就能再想個點子了。但是達也藏起來的信裡只有「富美代」這個名字，讓信子一籌莫展。

如果能知道那個酒吧的名字，就能冒充酒吧的人設下騙局，但那是不可能的。她思考著，如果現在打電話給一條，問富美代上班的店名，不知可不可行。不過那樣太多嘴了，或許也會被一條發覺自己做的事。

這時，電話響了。春子差不多該打電話回來，命令自己和她輪班了吧，信子正如此想著，接起電話後，

「喂？」

說話的不是春子的聲音，意外地是個年輕女了。

「請問是稻村老師家嗎？」

「是的，請問您哪裡找？」

「請問老師在嗎？」

「不好意思，請問您哪裡？」

「咦？不在嗎？」

大概發現接電話的是女傭，女子的用詞忽然變得不太禮貌。她好像從信子說話的語氣，推測達也不在家。之後就只有掛斷電話後的空洞聲音。

信子猜想那通電話是誰打來的。最近的女學生都用很粗魯的詞彙，說不定是那種人。她會這麼想，是因為春子曾經得意地對信子說：

「我先生那個樣子，好像很受女學生歡迎喔。」

根據春子的說明，達也在家裡雖然是個悶葫蘆，但在學校上課很有趣，說話也很幽默，他上課的時候，教室總是大爆滿。

整體說來，大學教授會希望受學生歡迎，因為一整年都重覆上同樣的課，上課內容就像播放錄音機一樣，不過，會逐漸磨練出如何讓學生聽起來覺得有趣的技術，其中也有的教授說話像講相聲一樣。

達也好像常被找去女學生的聚會。（在女孩子面前，他是用什麼表情說話的呢？）春子好像也一臉沒什麼不好的表情。

要是聽到那個達也說謊帶酒吧的女人一起到熱海開心過夜，女學生想必一定會對稻村教授失望，還會因此轉為輕蔑吧？

——對了，就投書到學校去吧？

信子忽然興起這個念頭。她知道他們住的飯店，也很清楚那女人的名字，沒有比這更明確的投書了。信子的呼吸變得急促，但等一下，她馬上重新思考。

投書之後，如果學校的事務當局置之不理的話，就沒戲唱了。那刊登醜聞之類的週刊雜誌怎麼樣呢？刊登的可能性也不高，因為大學教授的情事並不稀奇。大學裡的其他教授一定也有幹相同的事，所謂同事有難拔刀相助，那種投書會被燒掉吧？

春子還沒打電話回來。已經過了達也從熱海出發的時間了。

信子不得不放棄。現在開始才是一切的重點。今天晚上，就算在棉被裡，也要慢慢思考主意。

不過，達也應該兩個小時之後才會到醫院，到時他究竟會對妻子說什麼理由呢？從頭到尾都不認帳，堅持說是水戶大學有志願者在熱海舉辦慰勞會嗎？不，他肯定會強硬地如此主張。

問題是春子的立場。她現在相當歇斯底里，所以不管達也如何辯解，她說不定都不會接受。兩個小時之後，夫妻兩人在奶奶就寢的病房裡爭吵，似乎無可避免了。信子想過要不要偷偷把達也的秘密告訴春子，不過那樣一來，就無法在真正的意義上給予春子痛苦。

也就是說，信子想要完全躲在隱形斗蓬中，以不知情的模樣推動一切。這樣更加深了她的愉快。她自己絕不能表現出來。在她膩了之前，她必須當個旁觀他人不幸的旁觀者。

時間依然緩緩流逝。

春子一直沒打電話回來。差不多快到十二點了。

信子以為今晚要和春子輪班在醫院過夜，但從她沒打電話回來這點看來，春子好像打算在達也回來之前一直待在醫院的樣子。信子姑且打電話去醫院看看。

「太太，妳累了嗎？……」

信子以諂媚的聲音說道。

「今晚要我代替妳待在那邊嗎？」

她擺出忠誠的家政婦的樣子。

「不用了，我再待一陣子。」

「奶奶的情況還好嗎？」

「沒什麼大不了的啦。因為這裡是完全看護制，我很快就會回去，妳先睡吧。」

「是的，謝謝。那麼我就先去睡了。請奶奶保重。」

「辛苦了。」

聲音和平常總是裝模作樣的春子不同，混合了好像很累、很焦躁、自暴自棄這些狀況。

信子走進女傭房鋪被子。房裡只有一盞昏暗的電燈。這種時刻，她深切地感受到自身的寂寞。沒有孩子，也沒有親人，就算有，也都是要給錢才會幫忙。

所以，她不由得就變得仰賴金錢的力量了。不管她問家政婦會裡的哪個朋友，大家都勤奮地存錢，感情好的人還會給對方看銀行存摺。只有那個才是她們的生存價值。

因為最近缺乏女傭，所以姑且被禮貌地對待，但人格還是一樣受到忽視。每個人都用鄙視的眼神看她。除了仰賴儲蓄之外一無所有。沒有家的她，羨慕別人構築的家庭。又從羨慕變成嫉妒。

信子雖然躺著，卻睜著眼睛好一會兒。儘管疲倦，但一想到今晚醫院的騷動，就無法立刻入睡。可是白天的疲勞在不知不覺間引誘她進入夢鄉，於是便迷迷糊糊睡著了。

她做了一個夢。在全然陌生的家中工作的她，正在和常往來的清潔工大聲吵架，和她吵架的男子生氣地碰一聲關上後門，那個聲音和現實的聲音重疊，她於是張開眼睛。

是玄關的聲音。鞋子和拖鞋匆匆走進來。鞋音變成足音，走在走廊上遠去。隨後，好像鎖門的春子像從後面追上去似地從走廊離去。

信子豎耳靜聽。如她所想的，達也好像匆匆忙忙地去了醫院，不過他到底是如何辯解的呢？她想藉由剛才的兩個腳步聲，推測在醫院發生了什麼事，但光是那樣還是不足以了解。兩人都沒有開口。

信子爬起來，在睡衣外面披上白圍裙後走出房間。夫妻的臥室在走廊深處。信子跪坐在拉門外面。

「歡迎回來。」

她隔著拉門說。

「請問有事吩咐嗎？」

她恭敬地問道。她之前從沒這樣做過，果然春子用尖銳的聲音，也隔著拉門回話說：

「哎呀，妳怎麼又起來了？」

「是的，我在等您回來。」

「妳就去睡啊。」

春子隨便回答。果然如信子所料。她已經毫不掩飾自己的情緒了。

如果是平常的春子，在這種情況應該會說，妳去睡吧，已經累了吧，妳可以不用一直掛心啊，辛苦了，之類的。

跟信子想的一樣，在醫院發生過一場糾紛。不過，她完全沒聽到達也的聲音。被春子嚴厲斥責所以消沉了嗎？還是鬧情緒生氣了呢？或是在意家政婦所以不出聲？信子不知道是哪一種。

「那麼，晚安。」

信子盡量以緩慢的動作躡手躡腳地走在走廊上。在遠離拉門的同時，也期待著之後會不會傳出什麼聲音，但是沒有。她乾脆躲在一個角落，想隔著拉門聽夫妻對話，但就連她也感到過意不去。

可是，看剛才的樣子，夫妻之間變得很緊張。春子應該不相信達也的辯解吧？達也一定又搬出一條教授來印證自己的不在場證明。事情到底變成怎麼樣了？信子好想知道，但到最後她都沒聽到夫妻的對話。

第二天早上，信子想看春子的情況，可是不管過了多久，她都沒有來廚房。是累得起不來嗎？昨晚從那之後，夫妻一直爭吵到深夜嗎？還是因為賭氣而睡不著？信子無法判斷是哪一種情況。

信子正在準備早餐時，達也一臉睡眠不足的表情，心不在焉地走進來。

「早安。」

信子恭敬地問候。

「早。」

達也面對信子的表情沒有特別變化，這代表他沒發現信子從中作梗。

「老爺，今天早上的課很早嗎？」

教授每天上班的時間不一樣，有時下午才出門，有時是一大早。

「我想要十點到。」

「是的，那麼請容我馬上準備……啊，對了對了，這次奶奶發生嚴重的災難……」

她再度拿下圍裙寒暄。

「別說了。」

達也雖然一副心不在焉的表情，但也摻雜了發愁的表情。春子一直到達也出門上班，到最後都沒有起來。

接近中午時，春子終於起來了。她一臉不悅，也沒說什麼話。

信子為春子準備餐點。這種時候，多一事不如少一事。以往的經驗，讓信子在看人臉色這方面很敏銳。

春子吃完飯後便躲進起居室，沒有特別對信子下令。信子又收拾了之後去洗衣服。因為這個家中都是男孩子，光是洗衣服就每次都令她厭煩。

若把今天早上達也發愁的表情，和春子的不高興連接起來，自然就可得知昨晚發生了什麼事情。春子確實不相信達也的話，於是夫妻開始吵架。

剛好時機也不對。感情不好的婆婆住院了，春子因為要照顧婆婆而心煩氣躁。信子認為要再推一把。再推一把，就可以把更大的風暴引進這個家裡。問題是要怎麼做。

玄關的門鈴響了。

信子去開門，之前來過一、兩次的春子妹妹，拿著玻璃紙包裹著的花束站在外面。

「妳好。」

穿著白色套裝的春子妹妹，親切地對她微笑。

這個妹妹現在住在世田谷那裡，是某個上班族的妻子，年紀比春子小五歲，但容貌比春子差，不過身材肉感，而且很討人喜愛。

「歡迎。」

信子雙手貼在地板上向她鞠躬。

「姊姊在嗎？」

「是的，她在。」

信子啪噠啪噠地在走廊上跑，對春子所在的房間拉門說：

「太太，那個，世田谷的太太來找妳了。」

正蓋著棉被睡覺的春子忽然用起勁的聲音說：

「啊啊，是喔。」

站在春子的角度，在如此煩悶的時候，妹妹是個很好的說話對象。信子也很高興，因為這次春子會露骨地對妹妹發洩怨憤，而她可以從她們的對話推定昨晚的情況。

她又回到玄關，一邊跟在脫鞋進來的妹妹後面，一邊心想，該不會這個妹妹還不知道奶奶受傷的事吧？總覺得她走進玄關的模樣看起來不像知道的樣子。

她端茶到客廳，春子似乎起床了在梳妝打扮，好像會花很多時間。在這期間，她站著謙恭地問道：

「那個，太太，您知道我們家的奶奶住院了嗎？」

果然，妹妹吃了一驚。

「哎呀，是嗎？」

她的表情黯淡下來。那頭短髮的瀏海微垂在額上，細長的眼睛稍微張大，倒吸一口氣似地問：

「我不知道。什麼時候的事？」

「是昨天發生的事。因為最小的少爺調皮，把火柴棒放進耳朵裡，造成很嚴重的傷。剛好太太和老爺都不在，我一個人慌得要命。」

「然後呢？姊姊現在怎麼樣了？」

「昨晚她很晚才從醫院回來，直到剛才還在睡覺。」

「那，姊夫在醫院嗎？」

「沒有，老爺去學校了。」

「不要緊嗎？奶奶身邊有人嗎？」

「聽說是完全看護制……」

就在信子說到這裡的時候，她在門後聽到春子的腳步聲，因此她趕緊說：

「那麼，請慢用。」

手拿著放下茶杯後的托盤退下。

和她在門口擦身而過的春子進入客廳。信子心想她們姊妹不知道會聊些什麼，因此沒有離開客廳的門，一直站在那裡。

「姊姊，聽說奶奶住院了？」

妹妹大聲問道。

「是啊，我好憂鬱喔。」

春子沙啞的聲音說。

「我都不知道。為什麼不打電話給我？」

「我是有想過，可是奶奶很大驚小怪，而且妳家白天的時候也只有妳一個人，我不想給妳添麻煩。」

「是喔……那真是辛苦。姊夫會從學校回來照顧嗎？」

「這個嘛……」

說到這裡的時候，春子的聲音驟降。

信子甚至想回到門口把耳朵貼上去，不過因為光線的緣故，她不知道自己的影子會不會引起兩人的注意，所以她仍站在原地，雖然盡可能集中注意力去聽，但春子的話還是聽不清楚。

可是，從她的聲音聽起來，看樣子她正激動地向妹妹傾訴達也的事。

10

進入客廳的春子與她的妹妹，好像一時半刻沒有出來的跡象，春子似乎正與妹妹談論達也可疑的行動。

雖說是可疑，不過在春子的想像中，她深信達也和別的女人去過夜旅行，在某處投宿，並將此事說給妹妹聽。昨晚的夫妻吵架，也是以那個問題為中心。

今天早上春子心情不好，就是她不接受達也解釋的結果。相反地，春子的懷疑變得更強烈了。

說話聲沒有從客廳洩露出來，春子也沒有命令信子端茶進去，只有姊妹兩人的秘密談話持續進行。

因為是春子，如果她強烈確信達也有情婦，說不定還會考慮離婚。在那方面，這個妹妹是非常好的商量對象。大老婆們，只要受到一點點打擊，就會大吵大鬧。

信子雖然想聽姊妹對話，可是另一邊警戒著家政婦這個外人，一直緊閉著門，因此不容易接近。要是勉強去聽，萬一被春子發現就完了，因此她慢吞吞地去做煮飯之類的事。

此時，春子開門出來了。

「河野小姐、河野小姐。」

信子因春子的叫喚而探頭出來。

「我現在要和壽子一起去奶奶那裡，剩下的就麻煩妳了。」

春子說道。壽子是春子妹妹的名字。

春子在起居室做準備。她的臉色比之前好一些，或許是因為她向妹妹說出煩惱，心情稍微輕鬆了一些。

妹妹壽子的個性比春子要稍微通情達理一些，信子可以大致想像出她們交談的模樣。

（事到如今因為那種事吵鬧很奇怪。姊姊得看開一點才行。而且妳也沒有姊夫那麼做的明確證據，還在懷疑的階段吧？那種事，要有證據之後才能講，在那之前先不要吭氣，假裝沒有注意，等對方放心之後就肯定會露出破綻。到時再一舉進攻。姊姊，妳的做法太笨了。）

壽子好像會這麼說。

春子或許多半脫口說出要和達也離婚之類的話。對此，壽子說不定說，

（妳說什麼啊，都這個年紀了，太奇怪了吧？好了好了，那種事情什麼時候做都行，總之現在我先去探望奶奶吧。姊姊要不要一起來散散心？）

從春子心情變得有點好的表情看來，信子認為她們聊了這些話。

沒多久，春子準備完畢，壽子也從門內出來。

「打擾了。」

壽子也親切地對信子說道。

「姊姊，去探望奶奶之後，今天晚上我已經有晚一點回家的心理準備了，要不要一起去看個電影？現在有好看的電影正在上映喔。」

她開心地說。這是妹妹安慰姊姊的姊妹愛嗎？

「就那麼辦吧？」

春子好像也喜上眉梢，溫柔得和之前有些不同，

「那，河野小姐，我說不定會晚回來，孩子們的菜妳就隨便煮一煮吧。」

「是的，是的。我知道了……那個，老爺怎麼辦？」

信子問了之後，

「這個嘛，隨便妳，妳就照妳方便的去做吧。」

這抵抗丈夫的話，彷彿是說給妹妹聽的。壽子在一旁露出微笑。

兩人出門之後，信子目前沒事要做，準備晚飯的時間還早，孩子們也還沒放學，最小的健三郎也跑去別的地方玩了。

這種時候，信子就盡情地體會到解放感。打掃也做完了，沒有其他要做的事，於是她就去客廳看電視。

因為如果只是愣愣地看電視一點意思也沒有，所以信子走去廚房，泡紅茶給自己，還放了四顆方糖讓茶變得很甜，之後，她拿出客人送的蜂蜜蛋糕盒子，用菜刀切下厚厚一片。她打開冰箱看過，但很不巧沒有水果。

電視上正在播放美國電影，是西部片。在美國軍隊的碉堡被阿帕契族包圍而陷入苦戰的場面中，阿帕契族射出的火箭矢點燃碉堡的稻草，軍隊在慌亂中倒下，阿帕契族也像被馬踢飛似地被拋到地上。儘管如此，阿帕契族仍然發出宛如笛音的呼喚聲，侵入碉堡，在這令人遺憾之處，連續劇就結束了。雖然好像是健三郎會喜歡的片子，不過他跑去別的地方不在家裡。

信子看到連茶和蜂蜜蛋糕都忘了吃，之後開始播新聞，她的注意力才回到蜂蜜蛋糕上，並拿起來吃。

她咀嚼著看新聞，看到一半時變成只有字幕。

「三天前，疑似感染斑疹傷寒的患者投宿在熱海R觀光飯店，之後經過精密檢查，結果是陽性。由於該患者投宿過，當局認為截至今日在同飯店投宿的客人都有濃厚的帶菌嫌疑，所以住宿中的客人受到隔離，而關於已經離開的客人，正根據住宿名冊緊急在各地進行追查……」

信子張嘴正要吃的蜂蜜蛋糕，就那樣停在她的舌尖上。

熱海的R觀光飯店，不就是稻村達也住的那間嗎？信子確認般地回想時，畫面立刻移往下一則新聞。

信子愣住了。剛才看到的不是幻覺嗎？可是，她這雙眼睛親眼看到電視上的字幕，這對耳朵確實聽見播報員的聲音。

信子的頭腦以超快的速度運轉——稻村達也當然也列入帶菌者的嫌疑之中，他外遇的新宿女子也是一樣。

雖然說警方向符合條件的人提出呼籲，但恐怕達也投宿是用假名，就算查詢住宿名冊，他也不會擔心得投案自首，那女人也是一樣。

信子一想到這個家裡有斑疹傷寒患者，背上就毛骨悚然。達也要是知道這則新聞，不知道會擺出什麼表情。就算不看新聞，今晚的晚報或明天的早報上也會刊出報導吧？他會如何處置？

不管怎麼想，稻村達也看起來都沒有出面的勇氣。要是那麼做了，他馬上就會行跡敗露，在警方的追究下，和他一同投宿的新宿女子富美代也會公開出來。這對教授的威信來說是無法容忍的，而且最重要的是他怕老婆。

畢竟是那麼神經質的學者，他現在肯定臉色發白，應該正迅速思考善後對策吧？他打的算盤，會不會是在警方不知道的情況下，偷偷請醫生診斷他的健康狀態？他也非常害怕生病。

新宿的女人會怎麼做呢？也會像達也一樣找醫生診斷吧？當然，在這種情況下，他們不會對醫生說自己曾經在熱海住過。

話雖如此，如果是陽性，就會調查感染路徑，就算他們不願意，事情也會曝光。然而，達也和那女人也不一定會感染斑疹傷寒，也可能是陰性。

信子也想過，達也會拚命拜託醫生為他治療。不過麻煩的是，因為斑疹傷寒是法定傳染病，醫生有義務通報警方或衛生所。如果通報了，患者就會被隔離在傳染醫院吧。如果故意隱瞞會違反醫師法，聽說醫生也會受到處罰。

但是，如果那位醫生是達也很熟的朋友，將事情秘密處理的話，就永遠不會曝光了。因為他是大學教授，信子認為會是和大學有關的朋友。

萬一事情變成那樣，信子就算因為好不容易逮到機會而開心，也可能會空歡喜一場。於是，信子因為對疾病的恐懼，以及為了利用這個機會，考慮向當局告密。

幸好，因為警方正拚命搜尋擁有帶菌嫌疑的投宿者行蹤，一定會馬上飛奔過來。而且那間飯店的投宿客中，也會有和達也立場相同的人吧？這個告密一定會讓當局很高興。

信子的頸子激動地發顫。雖然警方正在尋找帶菌者，可是她不知道該向哪裡舉報比較好。因為是發生在熱海，因此她認為寄給熱海警署最有效果。

幸好今天沒人在家。信子關了電視，迅速從自己的行李中拿出一張很久以前買的明信片。

「我剛才看到新聞，得知R觀光飯店有斑疹傷寒患者。新聞說正在尋找當時投宿的客人。以下的人物在X日晚上，確實曾住過那家飯店——東京都港區高樹町XX號　稻村達也　大學教授

他的熟人」

信子在明信片上寫下歪七扭八的字，走出家門小碎步跑到街角的香菸店，貼上三十圓郵票，投入快遞郵筒。

明信片掉進郵筒裡的時候，信子彷彿聽到稻村家的命運發出大變動的聲音。

平安無事地到了傍晚，她準備孩子們的晚餐，悉悉簌簌地做事時，玄關傳來開門的聲音，她走出去看，家主稻村達也正擱下包包脫鞋。

「歡迎回家。」

信子跪下。達也只說了啊，或是嗯，不過他本來就是不會清楚地說出話來的人，信子已經習慣了。可是，在信子的眼裡，稻村以往都沒有像現在如此擴大地映照在自己的眼中。

「您今天好早。」

信子跟在後面說道。

「嗯。」

達也鬆開一隻鞋子的鞋帶。

「那個，剛才世田谷的太太來訪，和太太一起去醫院了。」

「啊，是嗎。」

他的回應中沒有感情。

終於脫鞋走進來的達也，高挑的身子往前彎，好像沒有精神。信子想到斑疹傷寒的事，忽然感到害怕。

照慣例，孩子們雜亂至極的晚餐時間結束了。這個家庭的教育真是亂七八糟。

信子總算收拾完髒污痕跡後，走到二樓書房的拉門前。

「老爺，請問要用餐嗎？」

她隔著拉門詢問後，

「我不想吃飯。」

收到低聲回覆。果然不知為何沒有活力。

「因為太太不在，我只先斟酌做了我自己的，您想吃的時候，我會隨時為您準備。」

「謝謝。」

信子正要起來時，達也又說：

「啊，等等，如果晚報來了，可以幫我拿來嗎？」

「我知道了。」

信子走下二樓，窺探了一下信箱，裡面有兩份報紙。

信子拿出報紙，馬上翻開社會版。有了，有了。最上面的第四欄標題印著大大的鉛字。

「熱海的鬧區飯店出現斑疹傷寒病患」。

她攤開另一份報紙，這裡寫的也是一樣，還體貼地放上出現患者的飯店照片。她大略瀏覽一下，大致上和電視新聞說的一樣。報導下面還有一個標題。

「正在搜尋住宿客」。

「……自從確定斑疹傷寒為陽性之後，警方當局著手調查自患者住宿當天至今日的住宿客，不過因為有只住一晚的客人，其中也有使用假名的異性同伴，因此無法充分掌握真實身份。可是就這樣將帶菌者放任不管是最危險的，故在呼籲符合條件者自發性提報的同時，警方也正在調查他們的行蹤。」

信子看完報導後，仔細將報紙照原樣摺好，走上二樓。

「老爺，我帶晚報來了。」

她說了之後，達也自己將拉門打開一道縫，搶走報紙，然後一聲不吭地關上拉門。

信子愣住了。達也之前都沒有表露過如此粗暴的態度。真是罕見。

據她推測，達也或許聽誰說了熱海的事。即使沒有直接親耳聽到電視新聞，也可能是聽到別人傳話，然後就不顧一切地想早點看到那個報導。

現在他正用什麼表情看著那則報導呢？信子一面幻想著，一面走下樓梯。

最小的孩子健三郎從外面回來了，他滿身是泥。

「咦？哎，怎麼了呢？怎麼弄得那麼髒？」

她說了之後，看到健三郎腰上的皮帶夾著細竹子。

「那是什麼？」

這個小鬼，好像又想做什麼事了。

「我剛才在模仿西部片，我是阿帕契族喔！要用這個箭射美國警備隊！」

健三郎得意地說。

「沒有弓要怎麼射？」

信子不禁想起剛才電視上的片子。騎著馬襲擊警備隊的阿帕契族射出的火箭矢，栩栩如生地浮現在她的眼中。

「弓的線被切斷了，現在巷子裡的小浩正在幫我修。」

「不要做太危險的事喔，因為你母親現在也不在家。」

「媽媽去醫院了嗎？」

「嗯。」

「咗，也太常出門了吧。」

健三郎這麼說著，從褲子口袋裡拿出之前的火柴。就是那個味道很重，不管磨擦哪裡都可以點火的火柴，老奶奶就是因為那個才受傷送醫。

「你還帶著那個啊？」

信子責備之後，他說：

「嗯，我用這個擦出火，綁在箭前面射出去，很好玩喔。」

「哎哎，不要玩那種東西，要是射到家裡，會變成火災喔。」

信子眼中，出現碉堡熊熊燃燒的電視畫面。不知不覺變成這個家著火的幻想。

「不要緊啦，我絕對不會在家裡玩。」

健三郎粗魯地將剩下的飯扒入口中，然後說我吃飽了，就跑出房間。只要好好地哄健三郎，他應該就不會燒了這個家，信子這麼想著，可是現在這個時候也只是空想而已。

二樓的書房依然安靜。信子從剛才就好幾次想偷看情況。如果是平常，達也應該會命令她端紅茶進去。她認為，達也現在可能正攤開報紙，一臉嚴肅地看著。

想看情況的信子靈機一動，泡了紅茶放上托盤走上二樓。她在拉門前說：

「老爺，我端紅茶來了。」

然後把拉門打開一道縫後，

「不准擅自開門！」

達也生氣的聲音落下。

她嚇一跳，茶杯中的紅茶灑了一些出來。她無意間看了一眼，達也如她所想的，把報紙攤在書桌上，手指伸入雜亂的頭髮中。

11

信子走下二樓，心中思索著。

剛才達也一臉嚴肅地抱著頭，因為他也知道熱海的斑疹傷寒騷動並為此苦惱。現在看到晚報上的鉛字，他肯定更擔心了。

斑疹傷寒這種病，會出現什麼症狀呢？信子沒有正確的知識，不過家政婦會有派遣護士，她曾經在聊到斑疹傷寒時說過。

根據她的話，那和霍亂與赤痢不同，不太會伴隨下痢症狀，但會持續激烈的頭痛與高燒，若置之不管就會腸穿孔而死。達也如果叫頭痛或是發燒的話，就是得病了。斑疹傷寒的潛伏期不知多長，說不定意外地長。

信子感到可怕。本來今天想請假逃走，但要她不把這個家裡的騷動發展看到最後也是不可能的。她洗了達也吃過的飯碗後，盡可能謹慎地消毒雙手，如果有預防的藥，也打算吃一些。

剛才寄出去的明信片，明天下午就會送到熱海了吧？順利的話，明天晚上或後天早上，警官就會到這個家來了。達也好像用花言巧語哄了春子，不過到時就沒用了。

信子一邊想著這些事一邊做事，然後二樓的達也叫她過去。

信子匆匆上二樓，達也從書房出來，站在樓梯正中央。

「請問有什麼事嗎？」

信子也停在樓梯半途，抬頭問道。總覺得達也的臉色很蒼白，頭髮也亂成一團，平時的他從未出現過如此狼狽的模樣。

「可以把毛巾沾濕，送過來給我嗎？」

達也命令道。他一手揉著太陽穴周圍。

「咦？您身體不舒服嗎？」

症狀這麼快就出現了，信子有點害怕。

「嗯，總覺得很熱。」

「那可不行。」

馬上去看醫生吧，信子說道。他回答，現在去看太早了。

「我知道了。」

信子下樓去廚房，把毛巾浸水，和臉盆一起送上二樓。達也躺在書房的榻榻米上，翻了個身。

「謝謝。」

信子把毛巾放在他的額頭上，達也向她道謝。

「怎麼了呢？感冒嗎？」

信子關心地問。

「不，不是感冒。大概是累了吧。」

達也沒有放開按壓太陽穴的手。

「那可不好。會不會是在外面染上了什麼不好的東西？」

「外面？」

達也好像不禁嚇了一跳。

「沒有，我沒吃奇怪的東西，所以不要緊。果然是太累了吧。」

「是嗎？老爺，因為您是用腦的人，也請不要太勉強。」

她把冷毛巾放在達也的額頭上，達也好像很舒服。

「我把替換的水放在這裡……我樓下還有事要忙，若有需要請叫我一聲。」

「嗯，好。」

「要是太太早點回來就好了。但因為她什麼都不知道，所以今晚好像要和妹妹一起看電影，說不定會很晚回來。」

「那也沒辦法。」

「真是不巧，她剛好去看電影了。」

「沒辦法。妳可以不用那麼擔心，一下子就會好了。」

「如果真的能早點康復就好了。」

信子的眼角看了達也可憐的模樣後，走下樓梯。

之後，信子雖然窺看樓上的狀況好一陣子，不過達也都沒有叫信子，整整安靜了兩個小時。看來這個家的小孩都和達也不親，沒有人去二樓的父親身邊。搗蛋鬼健三郎也因為白天的疲勞，早早就回到小孩房去睡了。

達也獨自忍受痛苦，應該是因為不太想讓信子知道他生病的真相吧？愈來愈可疑了，信子漸漸確信。

十點左右，春子獨自回來了。

「哎呀，您玩回來了。」

「我回來了。」

信子看了春子的模樣，看來心情比白天還要好了很多。或許是因為有妹妹安慰，又看了電影，轉換了心情。

「來，這給妳。」

春子難得買了泡芙當禮物給信子。不過這是在附近買的便宜貨，裡面只有三個。

「謝謝您……那個，太太，老爺傍晚回來了，正在二樓，好像身體不太舒服。」

「怎麼了？」

「他說頭痛，好像也有發燒，我有用毛巾給他冷敷了。」

不過，那天晚上什麼事都沒發生。

信子以為春子會大為驚慌地打電話給醫生，或是叫信子去附近的冰店買冰，但是都沒有。他們到底說了什麼呢？春子在二樓書房待了將近一個小時後才下樓，信子看了她的表情，上面沒有顯露出激動的情緒，而且比今天早上還要冷靜。

信子走出廚房時，問了剛下樓的春子。

「老爺的狀況還好嗎？」

春子嚇一跳，看著信子。

「啊，幹嘛啦，不要突然從暗處走出來，嚇死人了。」

「抱歉。因為我很在意老爺的狀況。」

「別擔心，好像沒事。」

「那就太好了。」

「廚房的事還沒忙完嗎？」

「是的，已經做完了。」

「那就早點睡吧。」

春子像是要趕走信子一般地說。

信子回到三疊榻榻米大的房間，思考春子的變化。是因為今天晚上和妹妹一起散心，所以心情才變好了嗎？還是因為在二樓和達也說了將近一小時的話，達也成功讓春子接受他的辯解了？

達也的病沒有變成問題，這讓信子很意外，不過一開始不見得會發生「劇烈頭痛與高燒」。發病時會採取慢慢進行的形式。春子雖然放心了，但到了明天，信子還是認為會引起大騷動。這個晚上，信子睡覺時做了一個開心的夢。

信子早上七點起床準備早餐時，達也從二樓走下來拿報紙。和平時不同，他今天很早起。

「早安。」

「早。」

達也不自然地站著。信子把從信箱拿來的早報遞給他，問道：

「老爺，您身體還好嗎？」

「嗯，沒事。」

達也一把抓了報紙就回到樓上的書房。他的背影好像比昨晚要有點精神。

信子看得出來達也今天一早起來窩在書房的理由。他想盡可能瞞著妻子，看報上的斑疹傷寒後續報導。若在春子面前，或許怕會被發現。這麼一想，就算他剛才臉上好像精神不錯，信子也還是很擔心。

因為信子馬上就把報紙拿給達也，所以沒看到重要的報導後續。那之後不知道發展成什麼樣子了。

八點半左右，達也和春子開始用餐。一無所知的春子，毫不在意地用拿過達也的碗和湯匙的手握筷子。不久後，春子也會變成斑疹傷寒患者，走上被送進隔離醫院的命運吧。

信子收拾了達也吃過的東西之後，仔細用肥皂消毒手指，之後吃了在附近藥店買的腸胃藥。

「怎麼了？」

春子發現她的舉動，問道：

「妳為什麼洗手洗得那麼仔細？」

「啊，沒有，因為我剛才碰到了髒東西，覺得不舒服。」

「什麼髒東西？」

「是的，那個，就是，沾滿泥巴的東西……」

信子以為春子知道真相了，不過春子好像接受了她的說法。十一點時，達也出門去。

「路上小心。」

春子說著，在玄關目送他出門，從昨天的情況看來，春子的心情變得很好。夫妻真是奇妙。達也也變得很有精神。到底發生什麼事？

「信子小姐，早報在哪裡？」

春子走進屋內大聲問道。

「是的，老爺拿到二樓書房去了。」

「是喔。不好意思，能請妳拿下來嗎？」

「好的好的。」

這對信子而言正好，她於是上樓走去書房。報紙還攤在達也的書桌上，翻開的地方是社會版，信子一看，上面寫了熱海斑疹傷寒的騷動，頂端還印著斗大的鉛字，

「出現三名患者，其中一人由京都過去」。

她看了報導，發病的是一位飯店的客人和一位工作人員，判斷為陽性，還有一個京都的人發病了，那是兩天前住在那家飯店的客人。根據當局的談話，散布各地的帶菌住宿客會陸續發病，並有散播病毒之虞，因此要強化全國的防疫體制。

信子很害怕。到了這個地步，她不知道是要請假，還是再留下來看情況。雖然她很害怕，不過她也認為只有自己會沒事。

儘管如此，看了這種報導的達也還能那麼有精神去上班，令她感到不可思議。如果住在那間飯店，他應該會受到相當大的衝擊，但他卻完全沒有那樣的跡象。

而且，昨晚他說頭痛又發燒，明明自己也很怕那些症狀，今天早上卻又若無其事。是因為頭痛和發燒好了，所以放心了嗎？還是他也認為只有自己沒事？

（不不不，沒那回事。那是為了不讓春子發覺，才假裝沒事的吧？心裡一定提心吊

膽。）

春子從樓下叫她，信子於是匆匆摺好報紙下樓。春子想看報紙，應該不是因為斑疹傷寒的騷動。若是如此，自己就要更慌張地看報紙才行。

春子送丈夫出門後，正側身坐在客廳休息，信子把報紙交給她，春子快速翻著，目光果然沒有停在斑疹傷寒的報導上。信子從旁邊說：

「太太，熱海變得很不得了了呢。」

她想看春子的反應。

「真的耶。」

春子的聲音很悠閒。一副不管世界的哪裡發生騷亂，都和自己無關的悠哉樣。

「住在這家飯店的客人還真倒楣。」

信子又說。

「是啊。」

春子興趣缺缺地回答，視線追著鉛字。

「最近就算住在豪華的飯店裡也不得安心了呢，有霍亂啦、赤痢啦，這次還有斑疹傷寒。果然還是待在家裡最安心了。」

「是啊。」

不管說什麼春子都沒有反應。這證明了春子不知道達也曾經在那家飯店住過。

到了那天的下午四點。

「信子小姐，妳現在可以去醫院看看奶奶的狀況嗎？」

春子說。

「好的，我知道了。」

「可是大約一個小時就要回來喔，因為還要準備晚餐。」

這是在叮嚀她，就算去醫院也不能偷懶。

「還有，就算奶奶對妳說很多事，妳也絕對不可以聽進去喔。因為她年紀大了，淨會發牢騷而已……我真的覺得好討厭喔，為什麼奶奶的耳朵會燒傷啊？」

春子好像沒想到那是健三郎幹的好事。

「奶奶還要再住院一陣子嗎？」

「嗯，好像因為年紀大了，所以治療要花很多時間。費用很驚人呢。」

她誇張地皺起五官。明明有加入健康保險，卻還故意說得好像住院是很大的負擔。

信子一到醫院，老奶奶正瞇著眼睛等她。

「哎呀哎呀，今天換妳來了。我在想啊，幸好不是春子。」

奶奶沒牙的嘴巴笑了起來，表示她的心情很不錯。這麼說來，繃帶也變少了，看起來沒那麼誇張了。

「昨天春子帶妹妹壽子來過了。」

「啊啊，沒錯。她去家裡看過，之後就到這裡來了。妹妹好像不知道奶奶您受傷了。」

「因為春子沒有特地告訴她啊，所以壽子嚇了一跳。壽子和姊姊春子不一樣，是很親切的人，總是對我很好。要是達也娶的不是春子，而是妹妹壽子的話就好了。那樣的話，我也會為了有個好媳婦而開心，娶了春子，不管是對達也還是對我來說，都是不幸啊。」

信子一會兒幫奶奶打蘋果汁，一會兒幫她泡茶。

「那個，奶奶，太太要我馬上回去，所以接下來要請您自己多注意一些。」

「哎呀哎呀，春子那麼說嗎？她還真是個性格扭曲的女人哪。現在婆婆獨自一人住在醫院裡，居然還叫妳要馬上回去。」

老奶奶雖然那麼說，不過還是提醒信子：

「對了，信子小姐，妳回去之後我會很寂寞，妳可以打電話請世田谷的壽子過來嗎？」

「好的，我知道了。」

「如果壽子在忙就沒辦法了，請妳去拜託看看。我記得電話號碼是……」

老奶奶告訴她號碼。

明明那麼討厭春子，卻想叫她妹妹過來，果然是嬌縱的老人。

信子走向醫務室旁邊的公用電話，撥了奶奶告訴她的號碼，可是她撥了電話，卻沒人接，她正想是否沒人在家時，終於接通了。是男人的聲音。

「我是稻村家的人，請問夫人在家嗎？」

「是的，請問您是？」

看樣子好像是壽子的丈夫。

「是的，我是家政婦，現在在醫院打這通電話。住院的奶奶很寂寞，如果夫人能來的話就太感謝了，因此想請教夫人方不方便……」

「現在沒辦法，剛才我打過電話給稻村姊姊了，壽子有罹患斑疹傷寒的疑慮，現在已經住院了。」

信子彷彿有東西掉到頭上一般地大吃一驚。

12

信子的耳裡，還回盪著壽子的丈夫告訴她壽子罹患斑疹傷寒入院的聲音。

壽子是在東京的哪個地方感染到斑疹傷寒的？看來發生在熱海的傳染病現在已經入侵東京，不過因為帶菌者從熱海散布各地，所以也並非不可能，尤其去熱海的東京客人壓倒性地多。

信子不太清楚壽子的生活。因為壽子很少去姊姊春子的家，所以信子不知道她的交際範圍有多大，也因此她完全想不出來，壽子的感染路徑究竟從何而來。她茫然地從公用電話那裡回到病房後，老奶奶用撒嬌般的聲音問道：

「妳要回去了嗎？」

「奶奶，不好了啊，聽說世田谷的太太罹患斑疹傷寒了。」

信子告訴她。

「什麼？斑疹傷寒？哎呀，那還真糟糕了，那麼好的人得到那種恐怖的病，春子卻平安無事，這還真奇怪哪。」

奶奶馬上把話題扯到自己媳婦身上。

「信子小姐，壽子如果得到斑疹傷寒，說不定春子也感染了喔。」

聽了老奶奶的話，信子也認為沒錯，那也是有可能的。昨天壽子來家裡玩，和春子到處走，一起來這家醫院又去看電影。她們兩人一定在某處用餐，所以春子一定感染了壽子的病毒。

「奶奶，因為這樣，剛才世田谷好像和太太連絡過了，我也不能再待在這裡，我馬上回去。」

「哎呀哎呀，這樣啊。事情變得很麻煩了。春子應該正為妹妹的病而慌張吧。」

「那是當然……」

「妹妹生病了，她一定十分混亂；我這個婆婆遭遇這種事，她卻那麼冷淡。這次要是她自己得到斑疹傷寒，她就能體會到了吧。」

老奶奶如此說了之後，

「信子小姐，如果春子感染了，說不定也會傳染給達也吧？」

老奶奶還是會擔心自己兒子。

「不知道，會怎麼樣呢？應該不要緊吧？」

那個達也，從昨天就反常地沒有精神。因為達也也住過那家發生斑疹傷寒騷動的飯店，所以信子以為他先發病了，沒想到壽子會得病……

想到這裡，信子不由得，

「啊！」

一個人發出吃驚的聲音。

「咦？怎麼了？」

「沒事，奶奶，沒什麼事。」

信子慌張地站起來，胸口怦怦跳。

「我會再過來。」

與平時不同，信子驚慌地飛奔出老奶奶的病房，因為自己的想像而吃驚。

（達也帶去熱海的女人，會是壽子嗎？）

這個想像讓信子陷入慌亂。

在回家的電車上，周遭的景色也完全無法進入她的眼中。

（等一下。最近壽子過來，問過春子為什麼奶奶住院時沒有通知她家。那就是說，雖然奶奶住院時，達也去了熱海，可是壽子待在家裡，因為她待在家裡，所以才會責怪姊姊為什麼沒有打電話。這樣一來，果然壽子和熱海的飯店沒有關係，斑疹傷寒應該是從其他地方感染到的吧？）

信子暫且認同這個想法，但胸口的騷動沒有停止。

（不不不，那說不定是壽子說謊。或許那天其實壽子不在家，但為了掩飾那一點，才會事後故意那麼說。也就是說，壽子藉此隱瞞她和達也去熱海的事情。）

信子實在無法不這麼想。

她本來認為達也的外遇對象一定是新宿酒吧的女人，沒想到會是壽子。只是因為好不容易從達也的書本中間找到新宿女人寫的信，信子就把事情與那些信連結，深信不疑。這下事情嚴重了。壽子明明也有丈夫，卻和姊夫私通。而且達也也是個很狡猾的男人，因為他和壽子寫的信，用了不知道哪裡來的「大東商事有限公司業務部」的信封，而且還用了酒吧女人的名字，萬一就算妻子打開信封，只要推托說是酒吧的女人，事情的嚴重程度就會不一樣。

壽子的風貌大大浮現在信子眼前。即使是姊妹，她和春子的身材卻截然不同，春子瘦得骨感，有乾巴巴的感覺，壽子卻柔軟豐滿，相當肉感，在個性上，也比陰險的春子開朗，為人和藹可親，相當有朝氣。娶春子為妻的達也，會對和妻子截然不同的小姨子動心，也並非不可思議。

可是，真虧他們能在背地裡幹那種事。就連春子也沒發現妹妹和丈夫的事。但是，這麼想了之後，一切都有道理了。壽子接受姊姊傾吐煩惱，和姊姊商量，又以安慰姊姊為由把她帶出去，一起看電影吃飯，可說是正因為自己背後有黑暗之處，所以才反而能表現得那麼親切。

回到家中，家裡空蕩蕩的。信子打開玄關的鞋櫃，春子的鞋果然不在，她出門時常穿的中跟白色鞣皮鞋不在裡面。因為蜥蜴皮的拖鞋還在，所以春子好像是穿洋裝去妹妹壽子那裡。

她遇到從走廊上小步跑過來的健三郎，他的腰上果然還插著三根細竹子，好像還在玩西部片的遊戲。

「少爺，太太呢？」

「剛才出門了。」

健三郎很忙似地說。

「你知道她去哪裡嗎？」

「她說去世田谷的阿姨家，不過今天會很晚回來，晚餐的菜就叫歐巴桑煮。然後有警察來找老爸。」

果然如她所料。

「老爺呢？」

「我哪知道老爸在哪兒。」

健三郎跑出走廊，從玄關出去了。

如果警官來了，就表示投書應該成功了。

斑疹傷寒這個病若要治療，大約一個星期就能出院，不過拖著說不準這兩三天何時會發病的身體，達也應該相當苦惱吧。而且壽子住院，加上他自己的檢查，肯定讓他受到很大的打擊。

比起斑疹傷寒，達也最害怕的，應該是兩人在熱海飯店過夜的事實被發現吧？

當局一定會從壽子那裡追根究柢，追查她的傳染途徑。那應該是不允許敷衍說謊的，例如若說在東京都內吃飯，那家店就會被徹底檢查，因此無論如何都會不得不坦承熱海的事。

壽子的苦惱不在話下，達也現在的想法又是如何呢？這件事引發的騷動，比信子當初所想的還大。壽子的丈夫如果也知道妻子隱瞞的事實，不知道會做出什麼處置。依據事態發展，至此兩個家都會遭受破壞。

信子心中，因為半分期待與半分開心而激動。她早已想像過春子和丈夫離婚的情況。那種女人要獨立生活時，會有什麼想法呢？到了她那個年紀，也無法供他人差遣了，因為有了年紀，也沒辦法當酒吧或餐廳的服務生，而且憑她那種長相，首先就失去資格了。

因為是春子，教授夫人的自負一定會暫時如影隨形，她可是個愛慕虛榮的女人，不可能在小商店裡當女店員。

但是那虛榮心也轉瞬即逝，當她的生活開始變得辛苦之後，結果應該就是會像自己一樣落入家政婦之類的工作中吧。到時候，春子就會處在信子的立場並有所理解了。在別人家工作是如何辛苦的事、自由的束縛、儲蓄的不安、別人的輕蔑、對家人的顧慮，春子都會痛切地體會到這些苦惱。

信子心想，如果春子落入那步田地，或許會和自己打照面。到那時候，她一定要狠狠地給那女人顏色瞧瞧。信子的想像突破邊際愈擴愈大。真是令人愉快的幻想。就算只是這樣，就讓她感覺到好像已經在現實中報復了春子似的陶醉感。

信子走上樓梯，打開書房的拉門，裡面只有整齊排列的大量書籍，上面的燙金文字閃閃發亮。書桌前空空如也。

她望向桌面，上面的書籍與原稿用紙散亂地擺放著，一絲不苟的達也會這樣擺著就跑出去，就是他非常狼狽的證據。信子不禁輕輕一笑。達也不是和春子一起去壽子那裡。他逃走了！恐怕他認為春子妹妹來訪暴露了一切，他變得無法再待在這個家裡了吧？信子的咽喉深處洩露出呵、呵呵呵的笑聲。實在太好笑了，她忍不住。

現在和平的家庭瀕臨崩潰邊緣。大學教授牢不可破的堅固家庭，從根基受到動搖。對女人來說，家庭就是城堡，那座城堡卻是如此脆弱，只要一點點風吹過來，就會傳出吱吱嘎嘎的崩壞聲音。

這裡正在製造一名不幸的女人。換言之，信子又多了一個同伴。

她這麼想了之後，肩膀忽然變輕了。她覺得自己好像變得更大了。進入別人家裡工作，就是要這樣才快樂。

信子的心情很悠閒。就算這個家刮起猛烈的風暴，就算會崩潰，也與她無關。她是和這個家沒有關係的外人，恰好就和春子以看外人的眼光冷眼看她一樣，只要隔岸觀火就行了。

信子的心情變得很開朗。她旁若無人似地在書房中走來走去。因為春子故意擺架子，說沒有得到許可絕對不能進入這個房間，因此她更覺有趣。

達也大概不會回來了吧？春子也去妹妹那裡，今晚一定會晚歸。在那之前，這裡就是信子一個人的舞台，就算旁若無人地行動也無妨，就算孩子們的晚飯稍微晚一點煮也沒關係。因為都與她無關。

信子打開書房的紙拉門，那裡向外突出，做成有點像陽台的樣式，那裡放了一張藤椅，達也研究做累了的時候就會躺在那上面吧。信子也在藤椅上長長地伸展身體躺著，相當舒服。

太陽西沉，天空的雲染上紅暈，以淺藍色天空為背景，雲的色彩與形狀，簡直就像用顏料畫出來的。

信子沉浸在於快的心情中。可以在下面稍微看到健三郎的身影，不過馬上就被擋住看不到了。那孩子就算父母不在，也一直都毫不在意，會一個人自己玩，由此可知雙親對孩子的愛非常淡。

如果能好好唆使那孩子，說不定他會做出有點有趣的事。之前要他把火柴棒放進奶奶耳朵裡就很成功。那種事可不是常常有的，會起火簡直是不可思議。

因為那孩子正是淘氣的年紀，只要稍加暗示，馬上就會上勾。之前信子瀏覽過報紙，孩子的意外相當多，那些意外的起因都是稍微不注意，例如掉進溝渠裡，或是從公寓四樓陽台墜落，或是觸碰高壓電線，非常多。這些也表示，只要稍微暗示，就可以讓孩子刻意接近危險的場所。

暗示大人並沒有暗示孩子那麼簡單。只要能夠巧妙地應用孩子的心理，殺人也不是不可能的，尤其是正處於淘氣年齡的孩子，十分富有冒險心，簡單地說，像健三郎這樣的小孩，因為父母的控制無效，所以會任性妄為。之前火柴棒的事也是一樣，這次他沉迷於阿帕契族的遊戲裡，好像覺得在竹箭前面點火再射出去非常好玩。似乎還可以唆使他把火箭射進這個家裡。

正想著這些事時，信子就從下面聽到健三郎的聲音，因此她偷看一下，但果然被屋簷遮住看不到。

她在藤椅上大大伸展身體後，愜意得宛如自己變成了這個家的女主人似地。她開始討厭接下來還要幫三個孩子做飯了。

信子心想，對了，今晚就給孩子們吃現成的東西好了。如果春子不會回來，達也也預計不會回來的話，她想要自己一個人從附近的小飯館點一客炸天婦羅蓋飯，悠然自得地吃。

信子走下樓梯，打電話給往來的小飯館。

「請送一客上等的天婦羅蓋飯過來，料要放很多喔，你家的蝦子沒問題吧？不是冷凍的青蝦吧？對。貴一點沒關係。那就盡量挑肥一點的蝦子喔，我討厭看起來大隻結果都是麵衣。」

她掛了電話，忽然看到健三郎用尖刃菜刀削竹子的前端。

「少爺，你怎麼又在做危險的事了？」

信子詢問後，

「不要緊啦。」

健三郎說著，有點困難地移動尖刃菜刀。

啊啊，好危險，說不定等一下就會切到手，這麼想的信子看著他一會兒。這孩子要是手指流血的話，又要引起一波騷動了吧？可是健三郎削得很好，沒有出現信子期待的傷就削完了。她不由得失望地走上二樓。

陽光已經變得很弱，室內變得有點暗。她像剛才那樣在藤椅上拉長身體，心情也逐漸舒暢起來。這時搭配絕佳的天婦羅蓋飯就對了，就在這景色正美的時候，一個人享受吧。

——話說回來，春子現在怎麼了呢？壽子和達也一起去熱海飯店的事，有巧妙地隱瞞到底嗎？如果事跡敗露，春子說不定會臉色大變，從妹妹那裡回來。信子認為春子從玄關回來時的臉色很值得一看。

她待了一會兒後，樓下傳來聲音，信子於是下樓去。是外送的男子送天婦羅蓋飯來了。

「辛苦你了。」

信子拿開碗蓋一看，如同她所要求的，飯上鋪了滿滿的炸天婦羅。信子說，飯錢就記在這個家的帳上，然後抱著蓋飯回到二樓，坐在椅子上。

炸天婦羅的口感真爽快。可是都事先說過了，還是裹了厚厚的麵衣，蝦子也是青蝦。開店就是這樣，虛有其表。不過，算了，因為她點餐時挑三揀四，這種程度的話她覺得可以忍受。不過缺點是醬汁有點鹹。

信子陶醉地吃著的時候，忽然眼前變得一片火紅，全身的神經都受到捶打。好像是著火的筷子插進她的頭裡。沒有痛的感覺，只有好像眼珠要飛出去似的灼熱感。在發出慘叫的信子耳中，竹箭的火正燃燒著。

導讀／林景淵
閱讀松本清張

松本清張，一九〇九年出生，一九九二年去世。

在日本，有許多的松本清張迷；在台灣似乎也有不少讀者；松本去世以後依然如此。

作家松本清張的一生經歷許多波折。少年時代起，青年時期以至四十四歲前後，長期過著辛酸的日子。

家裏貧窮，父親沒有固定職業；明治維新以後，日本學校教育已十分普及，松本清張只能在小學高等科（初中前期）畢業，接下來就要工作養活自己。

松本清張的第一份工作是在老家北九州一家電器公司充當工友，幹不到三年公司倒閉而失業。十九歲那一年，由於母親的堅持而進一家印刷廠當學徒，從此在印刷廠工作了九年。二十七歲結婚，婚後一年離開印刷廠，擔任「朝日新聞社」九州分公司的約聘人員，從事廣告相關業務，六年後才成為正式職員。一九四三年（三十四歲）十月，由於戰況趨於激烈，松本清張被徵召入伍，不久被派遣至朝鮮半島參戰，擔任衛生兵。一九四五年十月，戰爭結束而返回九州；幸運的復職回到報社。由於家中連續多了三個小男孩，生活負擔沉重，松本清張不得不利用下班時間仲介買賣掃把。

一九五〇年十二月，小說《西鄉紙幣》得了《週日朝日》徵文比賽的第三名。自幼年起喜好文學的松本清張初試啼聲已經四十一歲。家境的困頓，使松本清張忙於柴米油鹽，大志難伸。

可是，正如台語俗諺「大隻雞慢啼」，四十歲以後才正式登上文壇的松本清張，一九五一年，作品《西鄉紙幣》成為「直木獎」後補，一九五三年獲得「芥川獎」。從此，松本清張爆發性的寫下無數精采作品。作家森田誠一統計過松本清張四十歲以後的寫作生活，認為松本每餐吃飯時間只花一分二十秒，上廁所則只花十幾秒。（《太陽》，一四一期）

回憶起困頓中的執筆活動，松本清張如此描述著：

「《某「小倉日記」傳》草稿撰寫時期正逢盛夏，我家住在兵工廠宿舍，共有三個房間分別是六、四點五以及三個榻榻米大小。妻子和四個小孩睡在隔室的蚊帳裏；另一室是老父母的房間。我揮著一把圓扇子，邊打蚊子，邊寫稿。偶而跑到昏黑的廚房裡去喝水。」（《半生記》）

四十年後，建立起自己的文學王國以後，松本清張已經充滿了自信，也奠定了文壇地位。某次，接受《產經新聞》記者訪問時，回答自己的生活步調：「我跟你們這些朝九晚五的上班族大不相同。別問我幾點就寢、幾點起床一類無聊的問題！」作家也清楚的指出：「我個人不和其他作家交往，一切只在乎我自己。」（一九九二年八月六日《產經新聞》）

沒有人能夠理解四十歲以前的空白，何以變成四十歲以後的百花齊放般的絢爛！作家松本清張的成就令人感到訝異！

從第一本歷史小說《西鄉紙幣》開始，松本清張寫了不少歷史小說；《無宿人別帳》、《佐渡流人行》、《天保圖祿》、《私說、日本合戰談》、《西海道談綺》、甚至還有學術氣氛濃厚的《日本黑霧》、《現代官僚論》、《昭和史發掘》、《古代史疑》、《清張通史》。

在一般創作方面，松本清張的深入耕耘也有相對的收獲。一九五二年創作了《某「小倉日記」傳》以來，不斷有新作品發表，甚至一年中有好幾部作品付梓。《斷碑》、《黑地之繪》、《波浪之塔》、《深層海流》、《象徵之設計》、《絢爛流離》、《獸徑》、《岸田劉生晚景》、《砂漠之塩》、《首相官邸》、《小說、東京審判》、《風之氣息》、《日本改造法案》、《空之城》、《眩人》、《迷走地圖》、《兩像、森鷗外》、《草之徑》。

在推理小說方面從質和量加以評價，絕對不輸於專業推理小說作家。自一九九五年發表《埋伏》起，不斷出精彩創作：《點與線》、《眼之壁》、《零的焦點》、《越過天城》、《霧旗》、《砂之器》、《球形荒野》、《影車》、《D的複合》、《中央流沙》、《黑色樣式》、《火之路》、《黑色圖說》、《黑色線刻畫》、《禁忌連歌》、《霧之會議》等……。

四十年的創作，當你前往北九州市「松本清張紀念館」親眼看到松本清張著作第一版的封面全部呈現在眼前時，必定會自內心發出讚嘆和敬佩：偉大的作家——松本清張。

這背後，一生中沒有比較像樣職務的父親對松本清張還是產生影響的，不得志的父親，在冬天夜晚，手棒《太閤記》（豐臣秀吉傳）等小說唸給他聽，不僅引起對文學的興趣，也使松本清張擁有小小的幸福感。十五歲，有了一份工作以後，讀遍「春洋堂」、「新潮社」等文學書籍，特別是芥川龍之介的作品，絕不遺漏。

思維格局極大的松本清張，四十歲以後正式進入專業寫作，為了彌補過去的不足，開始大量閱讀資料、史料。日本神保町，「一誠堂書店」（舊書店）一位經理說，松本清張往往一天之中打好幾次電話找書。在沒有手機的那個年代，出差時也輾轉打來電話。當然，松本清張早已跑遍日本全國各地；外國方面，包含歐洲各國，美國、加拿大、阿拉斯加、中東各國、印度，以及包括北韓在內的亞洲各國，松本清張都設法親眼目睹、親自體驗。例如《沙漠之塩》撰寫期間跑遍埃及、黎巴嫩、敘利亞；而《霧之會議》更涉及英國、法國、摩洛哥、義大利、瑞士等國。

松本清張文學的價值，當然不單純只是作品數量的龐大而已。最先出現文壇的《西鄉紙幣》，以「叛軍」西鄉隆盛發行的鈔票做為象徵意義，深入探討入日本社會現狀及發展。簡單的說，松本清張的作品一開始便建立了自己的風格；也許，他累積起來豐富無比的社會經驗成為創作的養分。

在推理小說方面，改編成電影的《砂之器》，與原作情節顯然有些出入。然而，松本清張依然藉由不同形式而切入社會問題。換句話說，不論歷史小說、推理小說，松本清張的原點是一致的。

對日本讀者而言，作家松本清張觀察下的森鷗外、菊池寬、岸田劉生這些近代人物，呈現了另一番面貌。甚至從「昭和史」和古代史，松本清張也充分發揮其獨特又具有指針般效果的文學教材，留下了「無與倫比的金字塔」（有馬學）。

最近出版的《清張・戰鬥作家》（藤井淑禎）認為松本清張繼承了夏目漱石、芥川龍之介、菊池寬的寫作技巧，又不斷挑戰純文學「私小說」領域，因此而建構起松本文學的豐富領域。

作家松本清張在青年時代曾因為窮困而考慮自殺，也想一個人離家出走：

「我想逃脫背負家庭（父母）責任的狀態。那時候，父親也好、母親也好，幾乎都依賴著我；因此我變成被束縛著、動彈不得。我真想逃離不能自由呼吸的困境。」（一九六二年四月《婦人公論》，人生特集）

檢視松本清張留下的龐大無比的作品，足以證明困頓時代裏，他儲存的智慧和能量，是多麼可觀。吾人閱讀松本清張文學作品時，或許更值得參考，思考。

本文作者簡介——

林景淵，早稻田大學畢業，筑波大學碩士，浙江大學博士。著有《讀書物語》，譯有：《知識誕生的奧秘》。日前在《明道文藝》連載「日本經典文學家傳記」。

松本清張作品選 25 事故：別冊黑色畫集

作者：松本清張

譯者：梅應琪

編輯：鄭天恩

封面設計：江宏達

發行人：王永福

出版者：新雨出版社

地址：新北市三重區重安街一〇二號八樓

電話：02-2978-9528

傳真：02-2978-9518

服務信箱：a68689@ms22.hinet.net

郵政劃撥：11954996 戶名：新雨出版社

出版登記：局版台業字第 4063 號

出版日期：二〇二二年六月二版

ISBN：978-986-227-306-7

歡迎讀者郵政劃撥訂購本社圖書

※如有缺頁、誤裝，請寄回更換

國家圖書館出版品預行編目 (CIP) 資料

事故：別冊黑色畫集 / 松本清張作；梅應琪譯. -- 二版. -- 新北市：新雨出版社，2022.06
面；　公分. --（松本清張作品選；25）
ISBN 978-986-227-306-7（平裝）

861.57　　111006856

事故